Hanna vint vers elle en souriant…

"Jessica! Quelle bonne surprise!"

Sans daigner lui accorder un seul regard, Jessica se jeta dans les bras de Ryan. "Oh, Ryan, si tu savais comme j'ai attendu ce moment," s'écria-t-elle en sanglotant.

Hanna assista à cette scène en étrangère, mais sa gorge se serra douloureusement.

"Mais…ta lune de miel en Italie…Où se trouve Alistair?"

"Ne me parle plus de lui, mon chéri," répondit-elle, le visage baigné de larmes. "Pourquoi m'as-tu laissée commettre pareille folie?"

"Tu n'as jamais écouté les conseils de quiconque," fit Ryan tendrement. "Allons, Jess, calme-toi."

Hanna l'aurait volontiers giflé. Mais Ryan n'aurait pas compris. Il ne savait même pas qu'elle l'aimait!

Qu'importe demain?

Pamela Pope

Harlequin Romantique

PARIS • MONTREAL • NEW YORK • TORONTO

Publié en janvier 1984

©1983 Harlequin S.A. Traduit de *The Magnolia Siege*,
©1982 Pamela Pope. Tous droits réservés. Sauf pour des
citations dans une critique, il est interdit de reproduire ou
d'utiliser cet ouvrage sous quelque forme que ce soit, par des
moyens mécaniques, électroniques ou autres, connus
présentement ou qui seraient inventés à l'avenir, y compris la
xérographie, la photocopie et l'enregistrement, de même que
les systèmes d'informatique, sans la permission écrite de
l'éditeur, Editions Harlequin, 225 Duncan Mill Road, Don Mills,
Ontario, Canada M3B 3K9.

ISBN 0-373-41234-7

Dépôt légal 1ᵉ trimestre 1984
Bibliothèque nationale du Québec et Bibliothèque nationale
du Canada.

Imprimé au Québec, Canada—Printed in Canada

1

Hanna connaissait de réputation le fameux metteur en scène de la télévision, et avait même eu l'occasion de lui parler brièvement au téléphone. Cependant, elle espérait qu'à l'avenir, elle ne serait plus obligée d'affronter Ryan Donalson en tête à tête.

— Ecoutez-moi bien, remarqua ce dernier. Je me moque du message envoyé par Jessica. Je veux qu'elle soit là cet après-midi, à cinq heures précises, pour notre réunion de mise au point.

Surprise par le ton incisif de son interlocuteur, Hanna écarquilla les yeux : avait-elle réellement affaire à l'homme dont Jessica vantait sans cesse les mérites ?

— Laissez-moi au moins vous expliquer...

— Je n'admettrai aucune excuse, coupa-t-il d'une voix glaciale. Le programme de tournage a été modifié, et toute l'équipe prendra l'avion mardi pour les Etats-Unis. J'aurai donc besoin de ma scénariste sur place.

— Oh, mais elle ne pourra pas ! protesta la jeune fille.

— Peu m'importent ses raisons. Contentez-vous d'aller lui faire part de ma décision.

Sans lui laisser le temps de répliquer, Donalson tourna les talons, et se dirigea vers l'un des plateaux des Studios Beauman. Jamais Hanna n'avait été en proie à une telle indignation : le metteur en scène l'avait traitée avec une désinvolture révoltante ! Il n'avait même pas pris la peine de lui consacrer une seule de ses précieuses minutes pour l'écouter.

La rumeur publique associait volontiers le nom de Ryan à celui de Jessica, mais cette dernière l'avait démentie en décidant d'épouser quelqu'un d'autre. En apprenant cette nouvelle le matin même, Hanna avait été frappée de stupeur, mais à présent, elle s'en réjouissait.

Engagée comme secrétaire par la scénariste six mois auparavant, la jeune fille n'était pas encore parvenue à s'habituer à ses excentricités. En effet, les impératifs de sa profession amenaient souvent Jessica à faire ses valises et à disparaître sans prévenir pendant des semaines entières. Un petit mot griffonné à la hâte avertissait sa collaboratrice de son départ... Elle achetait énormément de vêtements car elle se lassait très rapidement de ses dernières acquisitions. Distraite, elle était capable de commander un taxi, puis de le renvoyer parce qu'elle avait oublié où elle désirait se rendre. Ce comportement extravagant ne l'empêchait pas de produire un excellent travail, et aidait à comprendre le caractère fantasque de son mariage...

Ce matin-là, Hanna était arrivée chez Jessica à l'heure habituelle. Celle-ci l'avait apostrophée joyeusement :

— J'espérais bien que vous arriveriez tôt. Vous ne devinerez jamais pourquoi... J'épouse Alistair Kerby, aujourd'hui même, à dix heures et demie ! Je vous en supplie, secondez-moi, ou je ne serai jamais prête en temps voulu.

Après un instant d'hésitation, l'arrivante avait risqué :

— A quand remonte cette décision ? Je croyais que vous ne connaissiez pas ce journaliste.

— J'ai réparé cette erreur vendredi soir.

— Lorsque je vous ai quittée ce jour-là, vous comptiez lui téléphoner pour vous plaindre de son article sur « Les brillantes carrières féminines ». Si mes souvenirs sont exacts, vous lui en vouliez d'avoir mentionné votre nom sans qu'il se soit donné la peine de vous interviewer.

Jessica avait souri avant de reconnaître :

— Les choses se sont bien passées ainsi. Mais Alistair s'est excusé et m'a proposé de dîner avec lui pour se faire pardonner cette faute... Oh, je me rappellerai toujours cette soirée merveilleuse ! avait-elle ajouté, le visage rayonnant.

Sans chercher à dissimuler sa surprise, Hanna avait écouté la suite du récit.

— Samedi, nous sommes allés nous promener au bord de la mer. Hier nous avons déjeuné ensemble chez moi, et nous nous marions aujourd'hui ! Je suis folle de joie !

Hanna ne fit aucun commentaire. Elle était trop stupéfaite par la rapidité de cette aventure, si contraire à son naturel pondéré, pour éprouver autre chose que de l'étonnement.

— Il faudra nous accompagner à la mairie, car je vous ai choisie pour témoin, poursuivit Jessica. Vous téléphonerez ensuite à Ryan pour lui expliquer la situation. Il m'a appelée très tôt ce matin, mais j'avoue que je n'étais pas d'humeur à m'intéresser aux questions professionnelles. Il a parlé, me semble-t-il, d'un rendez-vous cet après-midi... Il sera furieux en apprenant mon départ, et je suis vraiment désolée de vous confier la pénible tâche de le calmer.

Toutes deux s'étaient ensuite rendues dans la chambre. Un désordre indescriptible y régnait : des vêtements épars encombraient le lit et les fauteuils, la porte de la penderie était ouverte, et les tiroirs débordaient de linge déplié. On apercevait à peine l'épaisse moquette crème, recouverte presque entièrement de valises, de sacs de voyage, et de chaussures.

— Si je comprends bien, vous partez directement en voyage de noces après la cérémonie, déduisit Hanna.

— En effet, son travail appelle Alistair à Rome,

demain, et nous combinons ses obligations professionnelles avec notre lune de miel.

— Vous emporterez donc avec vous le manuscrit des *Quarante-sept jours* afin de le terminer, suggéra sa secrétaire, en pliant les habits jetés çà et là.

— Oh, non ! s'exclama Jessica en riant. Une fois en Italie, je ne réussirai jamais à me concentrer sur la Guerre de Sécession.

Après avoir ramassé une robe du soir en soie vert jade, la scénariste la lança sur un siège en remarquant :

— Jamais je ne la porterai. Je m'étonne de l'avoir achetée.

— Si Ryan Donalson m'interroge... commença Hanna.

— Vous ne courez aucun risque. Le scénario est achevé, il ne s'agit plus que de corrections de détails. Or, le tournage ne commence pas avant deux mois.

La ravissante brune s'étira avec volupté, puis ajouta :

— Je quitte l'Angleterre l'esprit allégé de tout souci. Dès qu'Alistair en aura fini avec sa tâche, nous partirons pour Capri où j'ai l'intention de paresser au soleil à longueur de journée.

Hanna eut peine à croire que la cérémonie avait eu lieu, tant elle se déroula rapidement. Après avoir bu une coupe de champagne dans l'appartement de Jessica, les nouveaux mariés s'en allèrent. Alistair Kerby avait insisté pour que le mariage se passe dans la plus stricte intimité, afin d'éviter la présence indiscrète de ses collègues journalistes et photographes.

A sa grande surprise, Hanna avait immédiatement apprécié l'éditorialiste. Il ne correspondait pas à l'image sophistiquée qu'elle s'en était forgée en lisant ses articles. Son sourire juvénile le faisait paraître plus jeune que Jessica, âgé de trente ans. On comprenait aisément pourquoi elle avait été séduite par Alistair. Ils formaient un couple parfaitement assorti, et leurs visages rayonnaient de bonheur.

Avant de devenir la secrétaire de la scénariste, la jeune fille n'avait pas l'habitude d'évoluer dans un univers plein d'imprévus. A la lumière de ses dernières expériences, elle se permit d'escompter une réaction amusée de la part de Donalson.

Après le départ d'Alistair et Jessica, la maison lui avait paru étrangement vide. En proie à un vague malaise, Hanna avait soulevé à deux reprises le combiné du téléphone afin d'appeler le metteur en scène. Puis elle avait renoncé, gênée par la mission qu'on l'avait chargée d'accomplir. Après tout, ce travail outrepassait ses fonctions, et elle se prit à regretter de s'être lancée dans pareille aventure. Avait-elle été bien inspirée de quitter son ancien poste, dans une paisible maison d'édition, pour entrer au service de Jessica ?

Son hésitation avait été de courte durée : elle avait finalement décidé de se rendre en taxi aux Studios Beauman. Elle n'avait réussi à pénétrer dans ce sanctuaire bien gardé qu'en mentionnant le nom de Jessica Franklin, et cet épisode avait marqué le début de ses ennuis.

Donalson avait refusé de l'écouter, mais elle se devait de faire un nouvel essai. Sinon, il s'étonnerait de l'absence de Jessica à la réunion de l'après-midi. A présent, elle attendait à l'extérieur du plateau, indécise sur la conduite à adopter.

Alors qu'Hanna s'armait de courage en prévision d'un entretien difficile, et s'apprêtait à ouvrir la porte du studio, une jeune femme blonde en poussa le battant.

— Il est insupportable, aujourd'hui ! déclara-t-elle en apercevant la visiteuse.

Il était inutile de demander à qui elle faisait allusion.

— Il faut absolument que je lui parle, signala Hanna. Il vient de m'éconduire, mais je suis obligée d'insister.

— A votre place, j'attendrais un moment plus favorable, conseilla son interlocutrice. Ses plans viennent d'être bouleversés, mais s'il ne se calme pas, plus personne ne consentira à travailler encore avec lui.

— Ce que je vais lui dire n'améliorera pas la situation, soupira Hanna.

— S'il s'agit d'une affaire vraiment importante, il vaut peut-être mieux que vous l'en avisiez au plus vite ! Laissez-moi le temps de me mettre à l'abri de ses foudres, et... bonne chance !

Dès qu'elle se fut éloignée, la jeune fille prit une profonde inspiration avant d'affronter l'irascible Donalson. Elle regrettait à présent de ne pas lui avoir téléphoné : il était inutile de ménager les sentiments d'un homme aussi désagréable.

Lorsqu'elle pénétra dans le studio, il parlait dans un micro, tout en surveillant sur des écrans les images de la scène tournée sur le plateau, au-dessous de lui. Hanna reconnut aussitôt un épisode des *Quarante-sept jours*, et en oublia presque son appréhension : elle avait collaboré à la rédaction du scénario, et se réjouissait de le voir transposé à la télévision.

— Linda, pour l'amour de Dieu, revenez à votre poste, et raccompagnez cette intruse ! tempêta Ryan. Vous devriez être partie, à présent : quittez cette pièce, je vous prie, ajouta-t-il à l'intention de l'arrivante.

Absorbée par le tournage, Hanna fit brusquement volte-face, après avoir remarqué au passage l'air résigné de l'assistant de production et du monteur.

— Si vous faites allusion à la personne qui vient de sortir, elle est descendue sur le plateau, annonça-t-elle calmement. Monsieur Donalson, le moment est mal choisi, j'en conviens, mais il faut absolument que je vous parle.

Elle redoutait une réplique bien digne de son humeur massacrante, mais l'homme se pencha sur son micro après un instant de réflexion, et déclara d'une voix beaucoup plus posée :

— Le travail reprendra après le déjeuner. Nous avons tous besoin d'une pause.

Il se passa la main sur le front, et se leva. Après avoir échangé quelques considérations techniques avec lui, ses deux collaborateurs s'éclipsèrent, laissant Hanna seule avec cet individu au caractère exécrable. Il était très grand, et portait une chemise au col déboutonné, avec une cravate desserrée. La jeune fille se sentait à la fois intimidée et agacée par son air sûr de lui.

A sa grande surprise, il lui adressa ses excuses :

— Pardonnez-moi, j'ai manqué de civilité en m'en prenant à vous au lieu de Jessica. A présent, dites-moi ce qu'il l'empêcherait de venir aux Etats-Unis.

— Elle s'est mariée ce matin, répondit brutalement Hanna. A l'heure actuelle, elle voyage vers l'Italie, en compagnie de son mari.

Donalson fronça les sourcils, puis enfila son veston.

— Lorsque nous avons déjeuné ensemble vendredi, elle ne m'en a pas parlé, souligna-t-il d'un ton neutre.

— Elle ne connaissait pas son futur époux : ils se sont rencontrés vendredi soir...

Son interlocuteur la fixa d'un regard étincelant, avant de constater d'une voix acerbe :

— Vous plaisantez, j'imagine.

— Je vous garantis que non. Il s'agit d'Alistair Kerby...

— Le journaliste, acheva Ryan.

Il détourna les yeux, et poursuivit, le visage crispé :

— Il l'a pourtant presque calomniée dans son article sur « Les brillantes carrières féminines ». Je cite de mémoire : « La pétulante Miss Franklin affirme que le mariage est réservé aux médiocres. » J'ai eu quelques difficultés à l'apaiser lorsqu'elle m'a montré cet éditorial... J'espère que son union sera réussie, mais je n'apprécie guère qu'elle se fasse à mes dépens !

Il s'exprimait avec froideur, mais Hanna feignit d'ignorer son insensibilité.

— Ils semblaient parfaitement heureux, ce matin, précisa-t-elle. Les coups de foudre n'existent pas que dans les romans.

— Epargnez-moi ces détails, signala Ryan sèchement. Quel est votre nom ?

— Hanna Ballantyne. Je suis la secrétaire de Jessica.

Pour la première fois depuis le début de leur entretien, le metteur en scène l'observa avec acuité, comme s'il découvrait subitement sa présence à ses côtés.

— En effet, je reconnais votre voix, admit-il. Elle est très mélodieuse.

— Je vous remercie, répliqua-t-elle, le visage empourpré.

— Approuvez-vous ce mariage ? demanda-t-il à brûle-pourpoint.

Désarçonnée par cette question directe, Hanna se tint sur ses gardes : Ryan essayait sûrement de se faire d'elle une alliée, mais elle n'allait pas trahir Jessica.

— Peu importe mon opinion, éluda-t-elle. Je souhaite tout le bonheur possible aux nouveaux mariés.

Il l'étudia attentivement avant de lancer :

— Que savez-vous de Vicksburg, dans le Mississippi ?

— Eh bien... J'ai beaucoup appris en participant aux recherches sur le scénario... Ma tante a épousé un Américain, et vit à Vicksburg : elle m'a fourni un grand nombre de renseignements historiques.

— Hum, ponctua Donalson pensivement. Intéressant. Vous serez donc hébergée quand vous vous y rendrez.

Soulagée de ne plus être scrutée par son regard noir perçant, Hanna sourit en affirmant :

— J'irai certainement là-bas un jour ou l'autre.

— Vous partirez jeudi prochain, à la place de Jessica.

— Comment ?

— J'aurai besoin de quelqu'un pour modifier le script si nécessaire. Or, vous m'en paraissez capable.

Elle resta une seconde interdite, puis riposta d'un ton indigné :

— Je ne changerai pas un seul mot du manuscrit sans la permission de son auteur ! Et je ne quitterai pas l'Angleterre cette semaine, monsieur Donalson !

— Appelez-moi Ryan. On n'utilise que les prénoms dans les studios.

— Je n'ai rien à voir avec le monde du spectacle !

— Nous en discuterons ce soir, après la réunion, annonça-t-il avant de lui ouvrir la porte. Je vous attendrai ici à sept heures.

Hanna était confondue par les manières expéditives de son interlocuteur. Pas une seconde, il ne s'était interrogé sur sa disponibilité : son acquiescement lui semblait aller de soi ! Exaspérée par un tel sans-gêne, elle le précéda vers la sortie, s'engagea dans l'escalier, et lança par-dessus son épaule :

— Il n'y a pas lieu de débattre de ce projet, monsieur Donalson. Je vous remercie de votre proposition, mais je n'ai pas l'intention d'obéir instantanément. Au cas où vous l'ignoreriez, je travaille pour Miss... Mme Kerby.

— Comme elle-même a signé un contrat avec nos studios, vous voici indirectement concernée. J'aimerais donc deviser avec vous... Miss Ballantyne.

Excédée par son ton sarcastique, Hanna allait lui opposer un refus cinglant, quand elle se ravisa en songeant à l'importance de l'enjeu. Entre-temps, ils étaient parvenus à l'entrée du personnel des studios Beauman. Son compagnon s'arrêta, puis poussa le battant. Un sourire aux lèvres, il s'effaça pour la laisser passer. La jeune fille fut surprise devant l'expression brusquement charmeuse de sa physionomie. Elle ne s'attendait pas à ce soudain changement de tactique, et s'en trouva prise au dépourvu. Sa confusion fit bientôt place à un agacement prodigieux, et elle s'enquit d'une voix acide :

— Où devrai-je m'adresser en arrivant ?

— Miss Ballantyne, vos cheveux resplendissent de reflets cuivrés, à la lumière du jour, remarqua-t-il avec enjouement. Je préviendrai la réception de votre visite.

Hanna sortit dans la rue, et il la suivit.

— Au fait, ajouta Ryan, je vous remercie de vous être déplacée en personne pour me faire part de ces nouvelles. Jessica n'a même pas eu le courage de me l'annoncer elle-même, ce matin, au téléphone.

Quelques instants plus tard, la porte se referma sur la jeune fille. Elle n'était pas arrivée par là et ne savait plus dans quelle direction se diriger. En fait, elle n'était plus sûre de rien : depuis ce matin, sa vie avait été bouleversée...

2

Hanna passa le reste de la journée dans une agitation croissante. Sa rencontre avec Ryan lui avait donné l'impression d'affronter un ouragan. Elle se reprochait de ne pas avoir résisté à cet homme vaniteux. A présent, il la considérait sans doute comme quelqu'un de trop accommodant.

Debout au milieu du bureau de Jessica, elle ressassait sa rancœur : comment le metteur en scène avait-il osé exiger qu'elle abandonne momentanément son travail auprès de la scénariste ? Il espérait certainement la persuader de le suivre aux Etats-Unis, mais il n'en était pas question.

Une pile de documents s'entassait sur sa petite table de travail. Elle avala son déjeuner sans appétit, et tenta de se mettre à l'ouvrage. Après deux essais infructueux, elle rangea les dossiers dans le tiroir d'un meuble en bois de rose, et remit cette tâche au lendemain.

La jeune fille ignorait la durée de l'absence de Jessica : elle dépendait vraisemblablement des obligations professionnelles d'Alistair. Confrontée à un avenir plein d'incertitudes, Hanna se sentit désemparée. Seul le tic-tac de la pendule troublait le silence de la maison désertée. Combien de journées monotones allaient s'écouler ainsi ? Dans la précipitation de son départ, la scénariste n'avait laissé aucune instruction. Dès que les différentes fiches seraient tapées, sa collaboratrice ne saurait comment s'occuper.

Hanna se dirigea vers la fenêtre, et admira les pots de fleurs posés sur le balcon. Des fuschsias, des pétunias, et des lobelias l'égayaient de leurs notes colorées. En proie à une profonde nostalgie, elle évoqua le jardin de ses parents, à Kernsmere, loin de Londres et de ses fumées. Un peu apaisée par ce souvenir, elle eut envie d'arpenter à nouveau le décor de son enfance.

Au lieu de rester ici à perdre son temps, mieux valait prendre une semaine de vacances. Jessica ne lui en voudrait sûrement pas si elle partait à la campagne, car elle n'avait pas pris un seul jour de congé en six mois. Ragaillardie par cette perspective, Hanna décida de téléphoner à ses parents. Sa venue les réjouirait sans aucun doute.

Ce séjour lui donnerait un excellent prétexte pour refuser toute nouvelle offre de Donalson. Si elle invoquait une bonne raison, il n'insisterait pas…

Après avoir soulevé le récepteur, elle composa le numéro de la maison paternelle, et attendit un long moment avant d'obtenir la communication.

— Tu profitais du beau temps pour jardiner, n'est-ce pas ? demanda-t-elle en reconnaissant la voix de sa mère.

— Hanna, ma chérie ! Quel plaisir de t'entendre ! Je comptais justement t'appeler ce soir.

— Que dirais-tu si je t'annonçais mon arrivée pour demain ?

— Ce serait merveilleux ! Ton père sera absolument ravi. Il ne cesse de répéter combien tu lui manques.

Après quelques minutes de conversation, la jeune fille était enchantée à l'idée de revoir ses parents. Avant de raccrocher, elle demanda :

— Maman, décris-moi Tante Rachel.

Sa mère réfléchit un instant avant d'affirmer :

— Tu sais, je ne l'ai pas vue depuis vingt ans. Tu sais ce que c'est… ces querelles de famille idiotes… D'après ses photos, elle a un peu forci en vieillissant, mais je suis persuadée qu'elle a conservé tout son dynamisme. Ne le devines-tu pas au ton de ses lettres ?

— Si, elle m'a paru d'un naturel enjoué.

— Pourquoi me poses-tu cette question ? s'enquit Mme Ballantyne.

— J'aurais pu aller lui rendre visite cette semaine, mais je préfère venir vous voir, répondit gentiment sa fille.

— Hanna !

— Je t'expliquerai de vive voix.

Après avoir reposé le combiné, la jeune fille était encore préoccupée par la personnalité de sa tante. Elle avait correspondu régulièrement avec elle au cours des derniers mois. Rachel avait accepté avec enthousiasme de collaborer bénévolement au script d'une série télévisée. Habitant Vicksburg, elle n'avait eu aucune peine à trouver des renseignements sur l'histoire de cette ville, cadre du futur film, et avait invité sa nièce à lui rendre visite dès que possible. Pourquoi Hanna répugnait-elle donc à effectuer ce voyage alors qu'elle en mourait d'envie ? La faute en incombait à Donalson : jamais elle ne réussirait à tolérer la présence de cet homme prétentieux.

Cependant, elle ne pouvait pas se dérober à son rendez-vous en fin d'après-midi. Afin d'éviter un trajet inutile, elle décida de ne pas repasser par son appartement : elle n'avait pas besoin de se changer pour un entretien de quelques minutes. Un coup de téléphone aurait amplement suffi à mettre les choses au point, mais le metteur en scène était sans doute accoutumé à déranger les gens pour un rien.

Hanna disposait encore d'un long moment avant de partir. Elle se dirigea donc vers la chambre de Jessica, afin de ranger une partie du désordre. Ainsi, Mme Smart, la femme de ménage, ne serait pas trop effarée par l'ampleur de sa tâche, le lendemain.

Excepté sa coute visite du matin, Hanna n'avait jamais pénétré dans cette pièce. Les rayons déclinants du soleil éclairaient une table ronde, près de la fenêtre. Un napperon damassé la recouvrait. Le regard d'Hanna fut immédiatement attiré par un cadre argenté posé sur ce guéridon. Il contenait une photographie en couleur de Ryan Donalson. Mieux valait la changer de place en prévision du retour de Jessica avec son époux.

Elle étudia un instant le portrait, fascinée par l'aspect vivant des yeux noirs, profondément enfoncés sous des sourcils fournis, qui lui conféraient un regard hypnotique. Le menton carré soulignait le caractère dominateur et volontaire du personnage aux cheveux bruns frisés. Il les portait assez longs, mais le ferme dessin de sa bouche indiquait qu'il ne supporterait aucune critique à ce sujet. L'ensemble de ses traits exprimait un orgueil impitoyable. Hanna frissonna : elle aurait aimé que l'entrevue soit déjà terminée, marquant ainsi la fin de leurs relations.

Avisant le tiroir de la table de chevet, la jeune fille décida de l'ouvrir pour y ranger le cadre. A sa grande surprise, elle y découvrit une pile de lettres. Malgré elle, ses yeux parcoururent la première du tas.

« Vous êtes décidément unique » écrivait le correspondant. « Alors, je vous en prie, ma chère, attendez un peu avant d'arrêter votre décision. Discutons au moins de cette question. Vous savez ce que je ressens. Bien à vous, Ryan. »

Hanna s'empressa de repousser le tiroir, comme si quelqu'un venait de la surprendre en flagrant délit, et déposa machinalement la photo sur une étagère de la penderie. « Pourvu que Jessica ne croie pas que j'ai fureté dans ses affaires ! » songea-t-elle avec embarras. Elle regrettait à présent d'avoir aperçu le mot du metteur en scène. Le sage barrage qu'elle avait édifié entre sa vie privée et celle de son employeuse, venait de craquer. Elle se sentait désormais impliquée d'une façon ou d'une autre. De toute évidence, Ryan aimait Jessica, et l'avait suppliée de reconsidérer leur rupture. Comme ce geste avait dû lui coûter! En dépit de son antipathie pour le metteur en scène, Hanna éprouva une certaine compassion pour lui.

Ces nouvelles dispositions l'amenèrent à se repentir de n'être pas rentrée chez elle pour s'y changer. Son tee-shirt et sa jupe en coton convenaient mal à une soirée, mais elle n'avait plus le temps d'y remédier. Elle continua donc à accrocher les robes de Jessica sur des cintres. Lorsqu'elle s'empara de la dernière d'entre elles, celle en soie verte délaissée par sa propriétaire, la jeune femme l'approcha de sa silhouette. Le long miroir ovale lui renvoya une image flatteuse. La couleur du vêtement mettait en valeur le gris-vert de ses yeux, et les reflets auburn de ses cheveux soyeux. Mue par une impulsion subite, elle l'essaya : elle lui allait parfaitement.

Jessica ne lui en voudrait pas si elle l'empruntait pour la soirée. Au reste, à son retour de voyage, la nouvelle mariée comptait s'en séparer. Ses derniers scrupules s'envolèrent quand elle se rappela que la scénariste prêtait volontiers ses affaires. Hanna resserra la ceinture d'un cran autour de sa taille fine : à présent, elle était parée pour faire face au redoutable Ryan Donalson.

Cette fois, elle n'eut aucune difficulté à s'introduire dans les studios. La réceptionniste l'invita à prendre un siège, car la réunion n'était pas terminée. L'arrivante alla s'asseoir à l'écart d'une foule de gens venus là pour assister à une émission en direct. A sept heures et demie, elle commençait à s'impatienter lorsqu'elle entendit quelqu'un annoncer à voix haute :

— Miss Ballantyne! M. Donalson vous recevra dans un instant.

Embarrassée à l'idée de devenir le point de mire de tous les regards, Hanna hésita à répondre. Puis, craignant que l'appel ne soit renouvelé, elle se hâta vers la réception.

— Je suis Miss Ballantyne, déclara-t-elle.

La timidité lui donnait une allure hautaine ; elle ajouta cependant :

— Auriez-vous l'obligeance de me conduire dans le bureau de M. Donalson ? Je suis lasse d'attendre.

Les employées se consultèrent du regard, surprises de sa requête. Après un instant de flottement — sans doute étaient-elles accoutumées à respecter scrupuleusement les consignes du tyrannique metteur en scène —, l'une d'elles se proposa :

— Si vous voulez bien me suivre, Miss Ballantyne.

Hanna emboîta le pas à son guide, et chemina à travers un dédale de corridors et de studios inoccupés avant d'arriver devant une porte en chêne. L'employée frappa un coup bref, puis ouvrit le battant.

— Miss Ballantyne, annonça-t-elle avant de s'effacer, laissant la visiteuse seule sur le seuil. La pièce était tendue d'un tissu marron glacé, et l'un des murs était entièrement couvert d'affiches des principales réalisations du metteur en scène. Après avoir embrassé ce décor d'un seul coup d'œil, Hanna fut attirée par un spectacle insolite : dans un coin du bureau, Ryan était debout devant un lavabo, son torse nu couvert de mousse de savon.

— Ne restez pas là, s'écria-t-il. Entrez.

La jeune fille obéit, et referma la porte derrière elle.

— Je suis désolée, balbutia-t-elle. Si j'avais su...

Tout en lui tournant le dos, l'homme répliqua d'un ton sarcastique :

— Ne vous inquiétez pas. Ma toilette est achevée.

En quelques gestes énergiques, il se rinça, puis il pivota vers sa compagne rougissante, et se mit à s'essuyer vigoureusement. Le sourire aux lèvres, il s'amusait ouvertement de sa gêne.

— Etant donné l'heure tardive, monsieur Donalson, j'ai cru bon de ne pas différer davantage notre entretien.

Il observa sa robe verte, pendant qu'Hanna retenait son souffle : elle craignait qu'il ne l'ait déjà vue sur Jessica, et qu'il lui en fasse la remarque.

— Dois-je comprendre que votre précipitation s'explique par un rendez-vous ultérieur ? suggéra Ryan.

— N... non, répondit-elle avec réticence.

— En ce cas, rien ne vous empêche de dîner avec moi.

Il ouvrit un placard dissimulé dans les boiseries, et en sortit une chemise tabac.

— Je ne peux pas, protesta la jeune fille.

— Il faut que je vous parle longuement, et je suis trop affamé pour m'éterniser ici. Nous bavarderons donc ensemble à table.

Après avoir passé sa chemise, il choisit une cravate grège, et la noua autour de son cou. Fascinée par sa forte personnalité, Hanna tenta de résister à cet homme décidé qui lui dictait son comportement de façon abusive.

— Ne vous donnez pas la peine de m'emmener au restaurant, se défendit-elle. Vous perdriez votre temps, car je vous le répète : je n'irai pas aux Etats-Unis.

Ryan coupa court à ses arguments en avouant :

— Je vous invite tout simplement parce que j'ai besoin de compagnie.

Hanna aurait dû deviner que Ryan, bouleversé par le mariage de Jessica, ne voulait pas rester seul.

— Eh bien, c'est entendu, à condition que vous n'essayiez pas de me faire changer d'avis, admit-elle. J'ai sérieusement réfléchi cet après-midi, et je suis persuadée que Mme Kerby s'opposerait à ma collaboration.

Donalson endossa son veston, puis se dirigea vers la fenêtre où il observa le ciel menaçant.

— Je ne suis pas venu en voiture, déclara-t-il.

Après avoir jeté un coup d'œil à la toilette de sa compagne, il ajouta :

— Puisque vous êtes aussi peu couverte, nous ferions mieux de prendre un taxi.

Irritée par son ton protecteur, Hanna ne put s'empêcher de le contredire :

— Je ne crains pas d'avoir froid, et suis tout à fait capable de marcher.

Il parut un instant déconcerté par cette résistance inattendue. Il la vrilla de son regard perçant, comme pour la faire céder, puis il s'inclina :

— A la réflexion, il serait aussi simple d'aller à pied au *Gambria*.

D'abord flattée d'avoir obtenu gain de cause, Hanna éprouva bientôt un vague malaise. Quel démon l'avait poussée à s'opposer aussi farouchement à Donalson ? Habituellement, elle se montrait beaucoup plus conciliante... La personnalité de son interlocuteur l'obligeait sans doute à se tenir sur la défensive ! Tout à coup, elle se rendit compte qu'il avait prononcé le nom d'un restaurant fréquenté par les célébrités du spectacle.

— Au... *Gambria ?* reprit-elle d'une voix mal assurée.

— Un établissement de troisième ordre ne serait pas digne de votre tenue éblouissante.

Tout en le précédant vers la sortie, Hanna se repentit amèrement d'avoir emprunté la robe de Jessica. Si elle avait pu prévoir la suite des événements, elle s'en serait dispensée sans l'ombre d'un regret.

Ils arrivèrent, après quelques minutes de marche, devant le célèbre hôtel. Malgré ses réticences antérieures, la jeune fille était enchantée de se retrouver dans ce cadre élégant.

Le long de l'escalier majestueux recouvert d'un épais tapis, d'immenses miroirs leur envoyèrent une image extrêmement flatteuse. Hanna admira la prestance de son compagnon. Le maître d'hôtel accueillit les arrivants avec empressement, et réussit à leur obtenir une table vacante, agréablement située, malgré la foule des convives.

— Nous sommes débordés de travail, ce soir, monsieur Donalson, dit-il. Mais nous ne vous ferons pas attendre longtemps.

Il traitait Ryan avec toute la déférence due à un habitué. Pendant ce temps, Hanna essayait de se comporter avec naturel, comme si elle avait fréquenté toute sa vie des établissements aussi luxueux. Elle croyait avoir réussi à donner le change, lorsque Donalson brisa sa belle assurance d'une simple remarque :

— Détendez-vous, Hanna Ballantyne ! Votre nom ne figure pas au menu.

— Je... je ne comprends pas...

— Personne ne va vous manger... même si vous avez l'air délectable.

Ce compliment railleur la piqua au vif : de toute évidence, il se moquait d'elle !

— Le moment me semble venu d'aborder les questions professionnelles, suggéra-t-elle froidement.

— Certainement.

Ryan s'adossa contre sa chaise sans quitter Hanna des yeux.

— Dites-moi ce que vous savez sur Vicksburg, enchaîna-t-il d'un ton autoritaire.

Elle accueillit cette demande avec étonnement : elle s'était imaginée que Donalson la questionnerait sur le mariage de Jessica. Peut-être préférait-il éviter ce sujet douloureux.

— Dois-je vous résumer les nombreux livres d'histoire que j'ai consultés ?

— Non. Parlez-moi plutôt de la ville moderne, et de vos parents qui y résident.

Un sourire chaleureux éclaira les traits d'Hanna. Dans son visage aux pommettes hautes, ses immenses yeux verts brillèrent d'un éclat adouci.

— La sœur de ma mère habite là-bas, dans les faubourgs de la cité. Oncle Jake, son mari, est mort depuis quelques années ; il avait deux fils d'un premier mariage, Jay et Leigh.

Elle évoqua ses cousins d'après les descriptions des lettres de sa tante Rachel. Lorsque des tournedos appétissants leur furent servis, la jeune fille avait recouvré son aisance habituelle.

— Je vous donnerai leur adresse, conclut-elle.

— Ce ne sera pas nécessaire, objecta Ryan. Je compte bien m'y rendre avec vous. Je suis impatient de connaître votre sympathique famille.

Hérissée par l'audace de son compagnon, Hanna répliqua d'une voix coupante :

— Je vous le répète pour la dernière fois : je n'irai *pas* aux Etats-Unis. D'ailleurs, je passe le restant de la semaine chez mes parents, à Kernsmere.

Il resta silencieux pendant un instant, et elle craignit de s'être montrée trop brutale. Après tout, il lui proposait un travail intéressant, et n'importe qui à sa place profiterait de l'occasion de voyager à l'étranger, tous frais payés.

— Je n'ai pas vu mon père et ma mère depuis six mois, ajouta-t-elle d'un ton hésitant, soucieuse de s'expliquer.

— Eh bien, c'est entendu, accorda Ryan après avoir posé ses couverts. Partez demain matin, et revenez mercredi à temps pour faire vos bagages. Prévoyez des vêtements légers pour deux semaines : à cette époque de l'année, la température est très élevée dans le Mississippi.

Hanna demeura interloquée : affichait-il donc toujours cette insupportable assurance ? Il n'était pas question qu'elle se plie aux ordres de cet homme au visage empreint de fatuité ! Pourtant, malgré elle, la jeune fille n'était pas insensible à sa beauté, ni à son intonation charmeuse. Elle refusa cependant de se laisser impressionner par ses manières persuasives, et le défia :

— Pourquoi parviendriez-vous à me faire changer d'avis ?

— Il n'y a que deux solutions, répondit-il en l'étudiant attentivement. Soit je vous convaincs de m'accompagner, et dispose ainsi d'une collaboratrice apte à modifier le scénario...

Ryan s'interrompit : sans doute prévoyait-il qu'Hanna protesterait, mais elle était trop anxieuse de connaître la deuxième possibilité pour intervenir.

— Soit... souffla-t-elle.

— Soit je poursuis Jessica pour rupture de contrat, et me passe de ses services à l'avenir : dans mon métier, on ne doit s'adresser qu'à des gens dignes de confiance.

— Vous ne pouvez pas agir ainsi ! s'indigna-t-elle.

— Oh, que si !

Les yeux écarquillés, elle s'exclama :

— Mais c'est du chantage !

Elle repoussa violemment son assiette, et se leva.

— Comment osez-vous me forcer la main de la sorte ? Vous êtes absolument méprisable !

Après avoir saisi son sac à main, Hanna s'enfuit de la salle de restaurant : elle ne resterait pas une seconde de plus à écouter pareilles horreurs ! Elle était scandalisée par le comportement de Donalson. Même s'il cherchait à se venger de Jessica, son attitude était inexcusable.

Dans son souci de s'éloigner au plus vite du metteur en scène, la jeune fille refusa l'offre du portier d'appeler un taxi, traversa à pas vifs l'avenue, et se jeta dans la première ruelle transversale.

La nuit était tombée à présent, et les lampadaires projetaient une lueur glauque sur l'asphalte humide. De hauts immeubles aux fenêtres éteintes bordaient la chaussée étroite. Hanna ignorait l'emplacement de la plus proche station de bus ou de métro. Elle décida donc d'attendre au bord du trottoir le premier taxi en maraude.

Elle n'avait pas remarqué qu'un adolescent l'avait suivie depuis sa sortie du *Gambria*. Une sorte de prémonition l'avertit d'un danger imminent, et elle se retourna à l'instant précis où le rôdeur surgissait de l'ombre complice pour s'emparer de son sac à main. Elle fit un bond de côté, et son assaillant n'essaya pas de renouveler sa tentative après avoir raté sa proie. Il s'écarta d'un pas, mais fut stoppé dans son élan par un homme qui venait d'accourir.

Tout en observant leur lutte, Hanna tenta vainement d'appeler à l'aide : aucun son ne sortit de sa bouche paralysée par l'émotion. Elle souleva alors la seule arme à sa disposition, son sac à main, afin de frapper son agresseur. Mais handicapée par l'obscurité, elle manqua sa cible, et atteignit en revanche, la tête de son défenseur ! L'adolescent profita de ce répit inespéré pour prendre la fuite.

Une fois revenu dans le cercle de lumière, l'homme demanda en portant la main à son œil gauche :

— Bonté divine, avez-vous lesté votre sac de plomb ?

Tremblante de frayeur, Hanna s'avança vers lui pour s'excuser et le remercier de son intervention. Elle découvrit alors avec horreur qu'il s'agissait de Ryan Donalson.

3

Atrocement gênée, Hanna se souvint qu'elle emportait toujours dans ses affaires une torche électrique afin de se protéger en cas d'agression. Elle avait mis toute sa force dans son geste et le lourd objet métallique avait cogné Donalson à la tempe... Tout autre aurait été assommé par un coup aussi violent, mais lui n'avait même pas chancelé. Elle se confondit en excuses jusqu'au moment où elle remarqua l'ecchymose qui gonflait la paupière de son compagnon.

— Il faut aller au service des urgences du plus proche hôpital, déclara-t-elle en recouvrant son sang-froid. Vous avez peut-être un traumatisme.

— Il n'en est pas question ! répliqua-t-il d'une voix pleine de colère.

— Mais votre œil...

— ... a fière allure grâce à vous, merci. Je me soignerai en rentrant chez moi.

Hanna se mordit la lèvre inférieure, consternée par sa maladresse. Puis, sans transition, l'humour de la situation lui arracha un rire perlé.

Malgré la douleur, Ryan esquissa également un sourire. Le passage d'un taxi mit rapidement un terme à cette trêve momentanée. Il craignait sans doute qu'Hanna ne lui échappe à nouveau, car il lui agrippa fermement le bras avant de héler la voiture.

— Où habitez-vous ? Vous allez monter dans ce taxi, et j'attendrai le suivant, ordonna-t-il.

— Oh non, je vous accompagne, protesta-t-elle. Je tiens à m'assurer que vous recevrez des soins.

— Je n'en ai nul besoin.

— Je vous laisse le choix entre l'hôpital, et votre médecin traitant à domicile, s'entêta-t-elle.

Le chauffeur crut bon d'intervenir à cet instant précis. Il passa la tête par la vitre de sa portière en conseillant :

— Rangez-vous à l'avis de madame : vous avez sûrement reçu un fameux choc.

Contrairement aux prévisions de sa compagne, Donalson ne se rebella pas contre cet avis désintéressé. Il se contenta d'assurer d'un ton sarcastique :

— Vous vous invitez dans mon appartement à vos risques et périls. Je n'en prends pas la responsabilité.

Après l'avoir conviée à s'installer sur la banquette arrière, Ryan donna son adresse au chauffeur, puis s'assit à côté d'Hanna avec un sourire moqueur sur les lèvres. Elle recula le plus loin possible de lui, avec le secret espoir qu'il n'entendrait pas les battements précipités de son cœur. Il fallait absolument lui cacher sa nervosité. Elle lui jeta un coup d'œil à la dérobée, et son pouls s'accéléra : quelle impulsion saugrenue l'avait poussée à tenir compagnie à ce personnage imprévisible ? Vu de profil, il ressemblait à un dieu grec, et se comportait avec l'aisance hautaine d'une divinité païenne. Cependant, Hanna se tenait sur ses gardes : elle ne comptait nullement succomber à son charme.

Il habitait un appartement luxueux, dans un vieil hôtel particulier. Dans le salon aux murs gris perle trônait un splendide canapé couvert d'un velours bleu roi. Cependant, le caractère remarquable de la pièce était surtout dû au liseré en faïence de Delft, bleue et blanche, qui ornait

28

le bas des murs. Au lieu d'admirer ouvertement ce décor, la jeune fille alla droit au téléphone, posé sur une table basse.

— Quel est le numéro de votre médecin ? s'enquit-elle.

Ryan s'approcha d'elle, s'empara du combiné, et le reposa sur son support.

— Je n'ai pas besoin des services d'un homme de l'art. Je m'en remets à vos bons soins.

Il était si proche qu'Hanna pouvait sentir le parfum de sa lotion après-rasage. La crainte de l'effleurer la paralysa, et elle ne recommença à respirer que lorsque Donalson se fut éloigné d'un pas.

— Vous trouverez du coton, du désinfectant, et tout ce qui sera nécessaire dans l'armoire de toilette de la salle de bains, ajouta-t-il. Vous êtes sûrement capable de panser les plaies que vous avez infligées.

Son ton railleur commençait à l'horripiler. Prise d'une haine soudaine pour cet homme, elle fut tentée de regagner aussitôt son logis, mais y renonça après avoir jeté un coup d'œil à sa blessure.

— Un simple pansement ne suffira pas, rétorqua-t-elle. On ne décèle pas toujours les conséquences d'un traumatisme. Vous risquez de perdre connaissance à la suite d'une hémorragie interne.

Ryan rejeta sa tête en arrière, et éclata de rire.

— Allons donc, chère Miss Ballantyne ! Vous dramatisez à plaisir une situation bien anodine !

Les yeux étincelants de colère, Hanna l'affronta une seconde du regard, avant de se diriger vers la porte.

— Bonne nuit, monsieur Donalson.

Tandis qu'elle passait devant lui, il la saisit prestement au poignet, la retenant prisonnière.

— Vous allez rester ici, Hanna. Etant donné l'heure tardive, il ne serait pas prudent de sortir seule.

Elle essaya vainement de lui échapper, puis s'impatienta :

— Je me sentirai davantage en sécurité loin de vous. Lâchez-moi, je vous prie.

Pour toute réponse, Ryan l'attira plus près de lui. De toute évidence, il cherchait à l'impressionner par sa force et ses manières autoritaires, mais Hanna refusa de se laisser intimider. Elle le fixa sans ciller quand il lui demanda :

— Dites-moi : comment Jessica est-elle parvenue à engager comme secrétaire une femme aussi impulsive, déterminée et organisée que vous ?

— Je travaillais pour sa maison d'édition, expliqua-t-elle. Je voulais changer d'emploi, et elle cherchait quelqu'un pour la seconder.

— Vous montrez-vous aussi despotique avec elle que vous l'avez été avec moi, ce soir ? Hum... J'en doute. Personne ne réussira à changer les habitudes de Jessica, sachez-le.

— Vous parlez d'expérience, j'imagine... ironisa Hanna.

Elle regretta aussitôt de lui avoir lancé cette pique. Ryan laissa tomber sa main, et la repoussa légèrement.

— Je suis désolée... commença-t-elle avec maladresse.

Elle ne connaissait cet homme que depuis le matin même, et ils combattaient déjà comme des ennemis ! Sans prendre garde à ses excuses, il traversa le salon, et ouvrit en grand la porte d'une chambre.

— Eh bien nous allons faire un compromis, proposa-t-il. Nous n'appellerons pas le médecin, mais, en revanche, vous resterez ici cette nuit. Si jamais j'étais pris d'un malaise, vous serez ainsi à proximité du téléphone.

Malgré son air sérieux, Ryan se moquait visiblement d'elle. Sensible à son ton narquois, Hanna riposta d'une voix furieuse :

— Vous me trouvez sans doute bien ridicule !

— Au contraire, je suis touché de votre sollicitude. Etant donné mon pitoyable état de santé, vous ne refuserez certainement pas de me servir d'infirmière. Je vais donc aller chercher des couvertures pour le divan.

Tandis qu'il disparaissait dans la chambre, la jeune fille, méduzée, pressait ses mains contre ses tempes. N'était-elle pas en train de vivre un cauchemar ? Lorsque Ryan réapparut sur le seuil, il avait enlevé son veston et sa cravate.

— Il n'est pas question que je reste ici une seconde de plus ! fulmina-t-elle.

Appuyé contre le chambranle de la porte, il l'étudiait avec un demi-sourire. Cependant, dès qu'elle fit mine de s'en aller, il ferma les paupières, et se laissa glisser doucement sur le sol.

— Oh, non ! s'écria-t-elle aussitôt. Je savais bien que cela risquait d'arriver !

En proie à une panique soudaine, elle s'élança vers lui.

Entre-temps, Ryan s'était redressé sur ses jambes vacillantes. Il rouvrit les yeux, et déclara avec nonchalance :

— Vous ne pouvez pas m'abandonner. Si le choc provoquait une hémorragie, vous ne vous pardonneriez jamais de m'avoir laissé seul.

Malgré son expression indolente trahissant une pointe d'amusement, il disait vrai. En dépit de sa colère, Hanna, prise au piège, n'osa pas se rebeller une fois de plus. Elle était responsable de la blessure de Donalson, et se devait d'en assumer les conséquences. Elle décida néanmoins de jouer sa dernière carte : son insolence dépassait les bornes !

— Rien ne m'oblige à rester chez vous. Si vous croyez trouver en moi une remplaçante aux diverses fonctions exercées par Jessica, vous vous trompez lourdement ! Je n'ai pas l'habitude de tenir compagnie, la nuit, aux hommes esseulés !

A peine avait-elle prononcé ces dernières paroles fieilleuses, qu'elle en mesura l'indélicatesse. Ryan afficha un sourire glacial tout en l'observant d'un regard menaçant, les sourcils froncés par une colère contenue. Une pause inquiétante suivit la remarque d'Hanna.

— Vous m'étonnez, admit-il enfin d'une voix calme, emplie de dérision. A en juger par votre insistance à venir dans mon appartement, j'avais conclu le contraire.

Tout à coup, avec la souplesse d'un tigre fondant sur sa proie, Donalson l'agrippa à l'épaule, et l'obligea à lui faire face.

— Je... je me suis mal exprimée, bredouilla-t-elle d'une voix angoissée.

Il abaissa vers elle des yeux étincelants de rage, et martela ses mots :

— Je ne sais rien de vous. Nous sommes de véritables étrangers l'un pour l'autre, je vous serais donc reconnaissant de ne vous livrer à aucune conjecture sur ma vie privée.

Ebranlée par l'âpreté coupante de son ton, Hanna voulut battre en retraite, mais Ryan la maintenait d'une poigne ferme. Contre toute attente, il l'attira brutalement contre lui, puis s'empara violemment de sa bouche. Incapable de protester, la jeune fille, le dos crispé, résista de toutes ses forces sans parvenir à se libérer de la rude pression de ses lèvres. Cependant, elle n'eut pas peur un seul instant ; enfin il relâcha son étreinte.

— Vous n'êtes qu'une brute ! s'écria-t-elle avec fureur. Laissez-moi sortir d'ici. Je ne veux plus jamais vous revoir !

Hanna s'écarta au plus vite de cet homme dangereux, sans qu'il fasse un seul geste pour la retenir. Il se contenta de la prévenir :

— A l'avenir, évitez de me parler ainsi de Jessica. Il n'y a aucune comparaison possible entre vous deux.

Elle avait déjà atteint la porte. Lorsqu'elle se retourna

après l'avoir ouverte, Ryan n'avait toujours pas bougé. Jugeant inutile d'ajouter la moindre remarque, elle claqua le battant. Elle voulait fuir immédiatement cet odieux personnage.

Arrivée dans le hall de l'immeuble, la jeune fille s'arrêta un instant pour prendre une longue inspiration. Au moment précis où elle s'avançait sur le seuil du bâtiment, retentit un violent coup de tonnerre. Saisie d'une peur panique, elle se couvrit la tête de ses mains : les orages l'avaient toujours terrifiée ! Les premières gouttes de pluie s'écrasèrent sur la chaussée illuminée par de fréquents éclairs, et se transformèrent bientôt en une averse torrentielle. S'aventurer sous un pareil déluge n'était pas envisageable. Effarée par le roulement du tonnerre, elle battit en retraite afin de se réfugier à l'intérieur.

Tremblant des pieds à la tête, Hanna attendit dans le hall, incertaine sur la conduite à adopter : allait-elle braver les éléments déchaînés ou affronter les foudres de Donalson ? Son hésitation ne dura guère. Le courage lui manquait pour se lancer sous une telle tourmente. Elle remonta lentement les marches jusqu'à l'appartement du metteur en scène. Au lieu d'appuyer sur la sonnette, elle tergiversa : ne valait-il pas mieux attendre à l'abri la fin de l'orage, puis rentrer tranquillement chez elle ?

Hanna n'avait pas encore pris de décision, lorsque la porte s'ouvrit brusquement. Elle sursauta, tandis que Ryan l'observait d'un air surpris.

— La tempête fait rage, se justifia-t-elle humblement.

— Je sais. Je sortais précisément pour voir jusqu'où vous aviez pu aller. Ne restez pas là. Entrez.

— Merci.

Une fois dans le salon, la jeune fille ne sut que faire : son hôte l'avait laissée seule. Elle tenta d'ignorer le fracas assourdissant du tonnerre, et distingua enfin des bruits qui provenaient sans doute de la cuisine. Elle se hâta de rejoindre Ryan. Il versait de l'eau bouillie dans une cuvette, après avoir disposé du coton et de l'alcool sur la table.

— Voulez-vous que je vous aide ? proposa Hanna.

— Volontiers.

Il s'assit, et se laissa soigner avec un calme imperturbable. Après avoir lavé la plaie, Hanna lui appliqua une compresse d'eau froide. Toute l'opération eut lieu dans le plus grand silence. Même quand elle effleurait la blessure, il ne tressaillait pas, comme si la douleur n'avait pas de prise sur lui.

Il se servit ensuite un verre de cognac, mais son infirmière improvisée refusa de l'imiter. Elle aurait préféré boire du café, mais n'osa pas lui demander d'en préparer.

La pluie avait cessé. Cependant, des éclairs déchiraient encore le ciel par intermittence, accompagnés de grondements impressionnants.

— J'ai toujours été effrayée par les orages, avoua-t-elle d'une voix blanche.

— Je m'explique à présent la pâleur de votre visage. Malheureusement, je n'ai aucun pouvoir sur les phénomènes météorologiques.

— Verriez-vous un inconvénient à ce que je dorme sur votre divan ? s'enquit-elle en rougissant légèrement.

— Faites comme il vous plaira, répliqua-t-il avec indifférence. Vous pouvez utiliser le lit, si vous préférez. Et ne craignez rien : je n'ai pas du tout l'intention de me montrer entreprenant.

Il avait prononcé cette dernière phrase de manière insultante. Hanna ravala une réponse cinglante afin d'éviter un nouveau conflit. Elle se rendit simplement dans la chambre pour y prendre les couvertures et l'oreiller proposés précédemment.

— Si cela ne vous ennuie pas, j'aime mieux dormir sur le sofa, déclara-t-elle à son retour.

34

Ryan haussa les épaules avant de s'enfermer dans sa chambre. Une fois seule, la jeune fille enleva sa robe en soie, et se drapa dans le plaid écossais. Elle allait s'allonger lorsqu'éclata un coup de tonnerre tonitruant. Saisie d'une peur incontrôlable, elle se mit à frissonner. Et elle se retrouva, une seconde plus tard, en train de tambouriner à la porte de son hôte. Il ouvrit rapidement le battant, et haussa les sourcils en voyant son invitée trembler dans sa couverture.

— Accepteriez-vous de laisser votre porte entrebâillée pendant la durée de l'orage ? supplia-t-elle, les yeux agrandis par la terreur.

Perplexe, Ryan étudia lentement la silhouette d'Hanna. Seuls ses pieds dépassaient de son vêtement de fortune. Gênée par ce regard inquisiteur, elle crispa ses orteils sur l'épais tapis, et n'osa relever ses yeux baissés qu'en entendant un éclat de rire plein de bonne humeur. Il se pencha vers elle pour effleurer sa joue d'un baiser délicat.

— Ne vous inquiétez pas, surprenante enfant, dit-il doucement avant de regagner son lit.

Quelque peu rassurée, Hanna alla se recoucher sur son divan étonnamment confortable. La tête enfouie sous les coussins, elle ne parvint pourtant pas à s'endormir. La pluie avait redoublé, à présent, et ce son qui battait les vitres faisait écho au bruit sourd de son cœur. Malgré elle, elle songeait à Ryan Donalson et elle était émue de le sentir aussi proche.

Quel âge pouvait-il avoir ? Trente-cinq ans environ... Hanna s'étonnait de le savoir célibataire. Il était relativement âgé en comparaison de ses vingt-deux ans. Plusieurs articles élogieux avaient paru sur son hôte, mais elle ne se souvenait que des détails concernant sa carrière. Bien des années auparavant, la sortie de son premier film documentaire avait révolutionné le monde du cinéma. Sa renommée avait grandi peu à peu, et il s'était lancé dans la production avant d'obtenir un poste de premier plan à la télévision. Les journaux ne disaient rien de sa vie privée. Hanna se repentit de n'avoir pas écouté plus attentivement Jessica quand elle parlait de son ami. Ce dernier aimait la scénariste, sans aucun doute! Même si la lettre parcourue l'après-midi même n'apportait pas une preuve tangible, il suffisait pour s'en convaincre de se rappeler le ton de Ryan lorsqu'il évoquait ses relations avec Jessica. Un sourire aux lèvres, Hanna essaya d'imaginer quel genre de femmes plaisait à Donalson. Vaguement troublée par ces pensées, elle sombra peu à peu dans le sommeil.

A son réveil, le lendemain matin, la jeune fille étira ses membres ankylosés. Par la porte entrouverte, elle aperçut Ryan, encore endormi sur son lit. Emue de le surprendre dans cet abandon, Hanna n'interrompit pas son sommeil. Elle alla droit à la cuisine pour y préparer du café. En revenant dans le salon, elle vit qu'il avait ouvert les yeux, et entra dans la chambre pour poser le plateau sur la table de chevet.

— Bonjour, dit-elle gaiement. Au cas où vous auriez oublié qui je suis, je me nomme Hanna Ballantyne.

Il sourit en se frottant les yeux, saisit sa tasse, et avala une gorgée du liquide amer.

— Quel atroce breuvage! s'exclama-t-il avec une grimace de dégoût.

— Je ne sais pas me servir de votre percolateur, s'excusa-t-elle. J'ai donc utilisé le café soluble. Vous n'êtes pas obligé de le boire.

La paupière de Donalson avait désenflé, mais son ecchymose s'était teintée des splendides couleurs de l'arc-en-ciel. Hanna tira les rideaux, et le soleil pénétra à flots dans la pièce.

— Diable! Quelle heure est-il? s'écria Ryan.

— Bientôt dix heures. Je vais m'en aller.

— Dix heures ! répéta-t-il, l'air abasourdi. En temps normal, j'arrive beaucoup plus tôt aux studios !

— Eh bien, vous serez en retard aujourd'hui, répliqua-t-elle. Quant à moi, je dois partir immédiatement si je veux prendre la route pour Kernsmere. Au revoir, et merci de m'avoir hébergée cette nuit.

— Attendez, Hanna, intima Donalson.

Il l'agrippa par le bras pour la retenir :

— Passez au salon tandis que je m'habille. Il faut que je vous parle.

Quelques minutes plus tard, il rejoignit la jeune fille qui se tenait debout près des grandes baies vitrées. Tout en nouant sa cravate, il grommela d'un air sombre :

— La nuit dernière a été désastreuse. J'aurais mieux fait de vous raccompagner chez vous.

A quoi faisait-il allusion ? se demanda Hanna. Songeait-il au coup qu'il avait reçu, à l'orage, ou à la présence de son invitée ?

— Je m'inquiétais véritablement de votre état de santé, se défendit-elle.

— Je ne risquais pas grand-chose, mais je vous remercie tout de même de votre sollicitude. Vous avez sûrement remarqué que j'étais d'assez mauvaise humeur, hier soir...

Compte tenu de la personnalité de Ryan, ces quelques mots équivalaient sans doute à une excuse. Elle hocha vaguement la tête.

— Oublions tout ceci, affirma-t-elle. A l'avenir, j'essaierai de ne plus me trouver en travers de votre chemin.

— Prenez donc votre petit déjeuner avec moi, proposa-t-il en souriant. Vous n'avez bu qu'une tasse de café. Je vais préparer des toasts.

— Je regrette, mais je n'ai pas le temps. Expliquez-moi où se situe la plus proche station de métro.

— Ecoutez-moi d'abord un instant. Hanna, je vous en prie, partez avec nous jeudi — ne serait-ce que pour

Jessica. Je sais que j'ai tout gâché hier par ma maladresse, mais n'en tenez pas compte : je ne chercherai jamais à lui créer des ennuis. Elle a achevé son travail, excepté quelques modifications à faire sur le terrain, et n'a donc rompu son contrat en aucune façon. Cependant, elle détesterait qu'un inconnu s'en charge à sa place. Or, je suis persuadé qu'elle serait ravie si vous collaboriez en personne aux corrections du scénario. Elle vous tient en grande estime, et vous accorde une confiance absolue... Refuserez-vous de reconsidérer ma proposition ? J'en prends l'entière responsabilité.

Tout à fait surprise par ce changement de tactique, Hanna éprouvait encore quelques réticences.

— Pourquoi ne m'avez-vous pas présenté les choses ainsi ? s'enquit-elle. Vous vous seriez épargné bien des tracas.

Il éclata de rire en portant la main au bleu de sa tempe, puis lança d'un ton sarcastique :

— Comment expliquerai-je cette marque en arrivant aux studios ?

— Personne ne me connaît là-bas, souligna Hanna d'un ton sec. Ne vous gênez donc pas pour raconter la vérité.

— Je viens de compromettre une fois de plus mes chances de vous convaincre, remarqua-t-il d'un air amusé. Dire que vous étiez sur le point de répondre oui !

— Vraiment ?

— Allons, l'espace d'une seconde, j'ai cru voir le Mississippi se refléter dans vos yeux.

Elle admira un instant à travers les vitres le clapotis dansant de la Tamise illuminée par les rayons du soleil. Hanna rêva simultanément au majestueux fleuve américain évoqué par Donalson. Si elle acceptait l'offre de ce dernier, elle pourrait enfin le contempler dans quelques jours. Avec un peu de chance, elle ne serait pas obligée de cotôyer quotidiennement le metteur en scène, et pourrait loger chez sa tante Rachel.

— J'y consens, à condition que vous vous chargiez de prévenir Jessica, admit-elle enfin.

— Naturellement ! Elle ne voudra jamais croire que vous avez hésité si longtemps.

Partagée entre l'appréhension, et le plaisir de voyager, Hanna frissonna. Serait-elle capable de remplacer un écrivain dont elle n'était que la secrétaire ?

— A propos, ajouta Donalson. N'oubliez pas d'emporter votre robe verte. Elle vous sied à ravir.

Elle rougit et ne répliqua pas : de toute façon, elle n'aurait pu s'empêcher de glisser le merveilleux vêtement dans sa valise.

4

Les jours suivants s'écoulèrent à une allure déconcer-
tante. Par bonheur, Hanna disposait déjà d'un passeport
et d'un visa pour les Etats-Unis. En effet, elle avait
projeté, avant d'être engagée par Jessica, de rendre visite
à sa tante, et avait accompli toutes les démarches
nécessaires en prévision de ce voyage.

En revenant de Kernsmere, le mercredi soir, il ne lui
restait plus qu'un jour pour préparer ses affaires. Elle
écrivit un petit mot d'explication à son employeuse, et le
laissa en évidence sur sa machine à écrire.

Sa mère lui avait confié de multiples cadeaux pour sa
sœur Rachel, et Hanna craignait ne pas avoir assez de
place dans ses bagages. Elle résolut le problème en se
chargeant d'une valise supplémentaire.

Lorsque la voyageuse arriva à l'aéroport, une foule
bruyante attendait le départ de l'avion. Ryan s'affairait au
milieu du personnel de la télévision, supervisant l'embar-
quement du matériel. Malgré son activité débordante, il
trouva un moment pour présenter Hanna à Vicki Lander,
la responsable des costumes.

— Hanna remplace Jessica, expliqua-t-il. Ne la laissez
pas seule, Vicki. Elle ne peut traverser une rue sans faire
de mauvaises rencontres...

— A vrai dire, je suis parfaitement capable de prendre

soin de moi, riposta l'intéressée en souriant chaleureusement à la costumière. Monsieur Donalson possède un étrange sens de l'humour, j'en ai peur. Je suis ravie de faire votre connaissance, Vicki.

— Je suis sûre que nous nous entendrons très bien, affirma cette dernière.

Elle se tourna ensuite vers Ryan, et lança :

— Au fait, j'ai appris par les journaux le mariage de Jessica. Vous avez joué de malchance, mon cher.

Seul un observateur attentif aurait pu remarquer la subtile modification des traits du metteur en scène. Il n'appréciait sûrement pas que l'on commente sa vie privée, Hanna ne l'ignorait pas.

— Disons que je préfère ne pas être classé dans la catégorie des médiocres, répondit-il, les pupilles rétrécies.

Vicki resta interloquée par cette réplique énigmatique : de toute évidence, elle n'avait pas lu l'article d'Alistair. Tout en regardant Donalson s'éloigner, Hanna, impressionnée par sa prestance, songea que le qualificatif de « médiocre » convenait très mal à cet homme autoritaire. Elle-même n'avait pas su lui résister. Cependant, mieux vaudrait éviter de susciter de nouveaux conflits entre eux, au cours des prochains jours.

Au souvenir de l'algarade dans le restaurant du *Gambria*, elle fut cependant prise d'inquiétude. Ryan risquait de faire allusion à son bleu sur la tempe en présence d'un tiers. Fort heureusement, l'ecchymose avait considérablement diminué... Pourvu qu'il garde le silence sur les circonstances de sa blessure !

Tout à coup, elle se rappela la présence de sa voisine et fit un effort pour détacher ses yeux de la haute silhouette de Ryan. Elle se tourna vers elle, et remarqua avec étonnement que Vicki l'avait imitée en tous points. Elle aussi avait observé le metteur en scène ; elle éclata de rire en apercevant l'expression étonnée d'Hanna.

— Eh bien ! J'avoue que je ne suis pas indifférente à son charme, reconnut franchement la costumière.

Séduite par la spontanéité rafraîchissante de Miss Lander, la jeune fille se réjouit de rester en sa compagnie. Les acteurs formaient un groupe bien distinct, tandis que les techniciens s'étaient rassemblés de leur côté. Si Vicki n'avait pas été là, Hanna aurait certainement été livrée à elle-même tout le long du voyage.

— Avez-vous dessiné tous les costumes des *Quarante-sept jours* ? demanda-t-elle.

— Oh, non ! Mais je le regrette. J'aurais aimé les concevoir. Ma charge consiste simplement à surveiller le bon état et la bonne tombée des vêtements.

Elle-même était habillée de façon sophistiquée, mais un peu trop voyante au goût de la jeune fille. Elle portait une fine ceinture en cuir carmin, assortie à son rouge à lèvres, sur une robe en coton jaune vif, décolletée et très froncée à partir de la taille. Pour sa part, en prévision du voyage, Hanna avait revêtu un discret tailleur gris, et noué ses souples cheveux auburn sur la nuque. Vicki n'avait pas attaché son opulente chevelure blonde, qui retombait en ondulations savantes sur ses épaules. Frappée par la beauté de sa compagne, Hanna se demanda si cette dernière parviendrait à remplacer la scénariste dans le cœur de Donalson.

— Depuis combien de temps connaissez-vous Ryan ? s'enquit la costumière.

— Depuis lundi. Et vous ?

Elle jeta un coup d'œil vers l'avant de l'appareil où était assis Donalson avant de répondre :

— Je travaillais déjà aux Studios Beauman lorsqu'il a été engagé. Toutes mes collègues étaient prêtes à lui tomber dans les bras, mais lui ne s'intéressait qu'à Jessica Franklin. A mon avis, ils ont vécu ensemble de manière assez libre. J'avoue que j'accepterais aisément une telle liaison avec un homme comme Ryan.

— Elle ne durerait pas, rappela Hanna.

Elle ne partageait pas le point de vue de son interlocutrice, car elle n'envisageait pas de relation en dehors du mariage. Quoi qu'il en soit, songea-t-elle avec une pointe d'indignation, la liaison évoquée par Vicki avait dû prendre fin avant que Jessica ne l'embauche comme secrétaire. La lettre de Ryan s'expliquait dès lors sans difficulté : il avait écrit à son amie pour la supplier de revenir sur leur rupture, et lui avait sans doute proposé de l'épouser. Décidément, Jessica avait bien maltraité le metteur en scène ! Il n'avait peut-être obtenu que la juste récompense à son attitude orgueilleuse. Toujours est-il qu'Hanna ne tolèrerait pas pour autant son comportement cavalier.

Vicki s'était déjà rendue aux Etats-Unis auparavant, mais sa compagne ne chercha pas à cacher son étonnement et son plaisir devant tant de nouveautés. Il fallut changer d'avion à New York afin de voler jusqu'à Jackson, dans l'état du Mississippi. A la sortie de l'aéroport, équipé de l'air conditionné, une lourde chaleur humide s'abattit sur les voyageurs. Hanna, qui ne s'était pas attendue à un tel contraste entre Londres et le sud des Etats-Unis, vacilla un instant sous cette moiteur de serre.

Vicksburg se trouvait à une heure de voiture de leur ville d'arrivée. Des chambres avaient donc été réservées dans un hôtel proche de l'aéroport. Toute l'équipe de télévision devait y passer la nuit, excepté Ryan. Il avait loué un véhicule avec l'intention de repartir le soir-même afin de vérifier que tout était en ordre pour le tournage.

— Nous disposons d'un budget restreint, expliqua-t-il à ses collaborateurs. Je ne puis me permettre de perdre du temps à régler les derniers détails demain matin. A ce propos, ne vous attendez à aucune compréhension de ma part en invoquant la fatigue du décalage horaire. Je veux que chacun soit à pied d'œuvre dès dix heures.

— Si vous nous laissiez le temps de nous remettre...
commença Bill Hickly, l'un des cameramen.

— Je regrette de voir mon point de vue aussi peu
partagé, l'interrompit Ryan. Ne vous imaginez pas être
venu ici en vacances.

Ces mots rudes n'impressionnèrent pas ses auditeurs.
Contrairement aux prévisions d'Hanna, personne ne
releva la dernière remarque de Donalson. En fait, Bill
souligna même d'un ton bienveillant :

— N'oubliez pas, Ryan : les dix heures de Jackson
correspondent à minuit en Angleterre. Ne vous surmenez
pas.

Après quelques plaisanteries, les voyageurs se disper-
sèrent dans le hall de l'hôtel. Hanna n'eut pas le courage
d'aller demander le numéro de sa chambre au milieu de
l'affluence qui encombrait la réception. Elle alla donc
s'asseoir à l'écart, entièrement dépaysée par l'accent des
clients américains. Elle fut tirée de sa rêverie par Ryan,
qui s'était approché.

— Hanna, je vous emmène avec moi, si vous désirez
voir au plus vite votre famille... et que vous n'êtes pas
trop fatiguée.

La jeune fille devina qu'il la défiait. Elle allait refuser
son offre afin d'éviter de passer une heure seule avec lui,
mais se ravisa rapidement. Il était tentant de rencontrer
tante Rachel plus tôt que prévu.

— Je vous remercie de votre proposition. J'accepte
volontiers. Si jamais vous vous sentiez trop épuisé pour
conduire, je pourrais vous relayer, ajouta-t-elle d'une
voix moqueuse.

Le visage assombri, Ryan tourna les talons sans
répliquer. Après son départ, Hanna s'interrogea sur son
comportement : pourquoi passait-elle son temps à provo-
quer l'ombrageux metteur en scène ? Il fallait absolument
qu'elle se débarrasse de cette redoutable attitude pendant
la durée de leur séjour. Après tout, il avait fait preuve de

gentillesse en l'invitant à l'accompagner, et mieux valait ne pas le pousser inutilement à bout. Jusqu'à présent, elle n'avait jamais déployé une telle agressivité à l'égard de quiconque.

Après s'être levée, elle se dirigea vers la réception pour rejoindre Donalson. Ce dernier déclarait aux membres de l'équipe de télévision :

— Tâchez de bien dormir cette nuit. Je vous attends demain en milieu de matinée à Vicksburg.

Il demanda les clefs de sa voiture au bureau de l'hôtel, puis vint galamment au secours d'Hanna en se chargeant d'une de ses valises, en sus de la sienne. Sans même regarder sa compagne, il poussa la porte d'entrée d'un coup d'épaule, et s'effaça pour la laisser passer.

— Aucune tâche urgente ne vous appelait à Vicksburg, n'est-ce pas ? suggéra la jeune fille en prenant place dans le véhicule.

Il esquissa un sourire avant de reconnaître :

— J'avais surtout besoin de fuir la compagnie de mes collaborateurs. Je ne suis pas d'humeur sociable après un long voyage.

— Puisque vous vouliez être seul, pourquoi m'avez-vous offert de voyager avec vous ?

— Je n'ai jamais dit que je désirais rester seul, répondit brièvement Ryan.

Après avoir mis le contact, il démarra pour s'engager sur l'avenue, puis il ajouta :

— J'ai eu pitié de votre air désemparé au milieu de tant d'étrangers.

— Je me réjouis de faire bientôt la connaissance de ma tante et de mes cousins, avoua Hanna. Ils seront surpris de m'entendre au téléphone un jour plus tôt que prévu.

Elle s'adossa contre la large banquette confortable, poussa un petit soupir de satisfaction, et s'enquit :

— Quelle est la marque de cette fantastique voiture ?

— Une Buick. La boîte de vitesses est entièrement

automatique, et les constructeurs l'ont même équipée d'une radio C.B. : je pourrai donc appeler à l'aide si vous m'attaquez à nouveau.

La jeune fille éclata de rire avant de questionner d'un ton enjoué :

— Auriez-vous peur de moi ?

— Vous seriez étonnée d'apprendre la vérité.

Sous l'humour indéniable de sa réponse, Hanna perçut un intention cachée qui l'intrigua. Elle jeta un coup d'œil aigu à Ryan, afin d'en savoir plus. Hélas, il se concentrait sur la conduite sans se soucier d'expliquer sa réplique énigmatique ! Ses longues mains reposaient sur le volant avec assurance. Au souvenir du baiser qu'il lui avait dérobé en l'étreignant de ses bras puissants, la jeune fille s'empourpra. Même l'air conditionné ne parvint pas à rafraîchir le feu de ses joues. L'audace de Donaldson l'indignait encore, et elle se promit de ne pas se départir de son hostilité envers lui.

Hanna cessa de l'observer, et se mit à admirer le paysage bordant l'autoroute. Les pancartes publicitaires lumineuses s'allumaient peu à peu. La plupart vantaient la qualité d'un restaurant ou d'un bar. Dès qu'ils sortirent de l'agglomération de Jackson, la route ne traversa plus que d'immenses champs qui s'étendaient à l'infini.

— C'est du coton, expliqua Ryan. A l'époque de la cueillette, les plantations offrent un spectacle inoubliable.

— Oh, je regrette de ne pas visiter la région au bon moment !

Durant une minute, des images extraites de films sur la vie du sud des Etats-Unis, défilèrent sous ses yeux. Puis, prise d'un soupçon soudain, elle fixa son compagnon en demandant :

— Comment savez-vous qu'il s'agit de coton ?

— Je m'en suis rendu compte lors de mon dernier voyage.

— Pourquoi avez-vous fait semblant de n'être jamais venu à Vicksburg ? s'écria Hanna. Vous m'avez posé une foule de questions, comme si vous ignoriez tout de cette ville !

— Je vous ai interrogée afin de mesurer votre intérêt pour le travail de Jessica. Si vous vous étiez contentée de dactylographier ses textes, je n'aurais pas pu vous accorder ma confiance.

Bien qu'elle fût cohérente, cette explication ne modifia guère le ressentiment d'Hanna. Elle le trouvait fourbe et s'en voulait à présent de s'être laissée aussi naïvement abuser.

— Vous auriez pu éviter de me traiter comme une enfant en m'invitant à parler à tort et à travers de ma famille, reprocha-t-elle d'une voix acide.

— Oh, mais je vous écoutais avec plaisir, rectifia Ryan. Ne soyez pas froissée sans raison : je suis réellement impatient de rencontrer vos cousins américains.

Déconcertée par le ton de Donalson, Hanna ne parvint pas à savoir s'il parlait sérieusement ou s'il faisait preuve, une fois de plus, de condescendance.

— Jessica m'a raconté son séjour dans le Mississippi, annonça-t-elle. A l'époque, elle ne songeait pas encore à écrire le scénario des *Quarante-sept jours*, et ne rassembla donc aucun document sur la Guerre de Sécession... Elle ne m'a jamais dit que vous aviez également visité cette contrée...

La jeune fille n'avait pu s'empêcher de formuler ce sous-entendu. Ryan resta silencieux un instant, les yeux fixés sur l'horizon, puis scruta le visage de sa passagère.

— En fait, nous nous y sommes promenés ensemble, déclara-t-il d'une voix cassante. Puisque ma vie privée vous préoccupe à ce point, sachez que nous nous sommes d'abord rencontrés au festival de jazz de la Nouvelle-

Orléans, il y a deux ans. Nous étions tellement enchantés par le sud des Etats-Unis, que nous avons décidé d'en faire le tour... J'en garde un souvenir inoubliable.

Conscience d'avoir mérité cette rebuffade, Hanna balbutia :

— Je suis désolée... Si seulement vous m'aviez expliqué...

— Peu importe, trancha-t-il. Pourtant, j'aimerais rétablir la vérité sur un point de votre récit : c'est moi qui ai eu l'idée du script, et c'est moi qui ai suggéré à Jessica de le réaliser.

— Vous ?

— Oui, répliqua-t-il sèchement. J'ai été entièrement séduit par l'atmosphère de Vicksburg. A mon avis, vous serez également charmée par cette ambiance si particulière.

Ils pénétraient enfin dans la ville, tandis qu'il poursuivait :

— La Guerre de Sécession me fascine. Elle représentait une véritable tragédie pour cette nation déchirée.

Peu à peu, Hanna se passionna pour le récit de son compagnon : elle aussi avait étudié de près ces événements historiques. Pour la première fois depuis le début de leur rencontre, elle apprécia sans réticence de bavarder avec Ryan. Lorsqu'il gara sa voiture dans un parking, situé derrière un imposant motel, elle en vint presque à regretter la fin de leur discussion. En effet, Jessica n'avait jamais partagé l'enthousiasme de sa secrétaire pour cette période, et Hanna n'avait pas eu le plaisir d'en débattre avec quelqu'un.

— Nous voici arrivés, signala-t-il en coupant le contact. Ce sera notre quartier général pendant les quinze jours du tournage.

Après être sorti de voiture, il ouvrit le coffre pour prendre les bagages. Pendant ce temps, Hanna tentait vainement de manœuvrer la poignée de sa portière.

— Nous sommes arrivés, reprit Donalson avec impatience.

Il tapa sur la vitre pour attirer l'attention de sa passagère. Cette dernière confessa alors :

— Je ne réussis pas à ouvrir.

Tandis qu'elle actionnait la poignée en poussant de tout son poids contre la portière récalcitrante, Ryan s'affairait à l'extérieur. Soudain, la fermeture céda, et Hanna aurait atterri sur le sol sans l'intervention providentielle de son compagnon. Il la redressa et la tint contre lui un instant.

Troublée par ce contact furtif, la jeune fille s'écarta vivement. Elle s'était appuyée l'espace d'une seconde contre Ryan, avait touché la peau chaude de son bras, et en gardait une impression confuse... Lorsqu'elle leva les yeux vers lui, il fronçait les sourcils en l'observant de son regard insondable. Sans doute était-il furieux contre la maladresse d'Hanna, mais il ne fit aucun commentaire. Les jambes vacillantes, elle s'appuya contre le capot de la voiture, sans comprendre la raison de sa brusque faiblesse. Elle mit ses frissons sur le compte de la fatigue. En même temps, malgré le coucher de soleil, elle avait l'impression de se trouver dans une étuve...

— S'il s'agit là d'une Buick dernier cri, je préfère nettement ma petite voiture démodée. Au moins, je ne reste jamais enfermée à l'intérieur, remarqua-t-elle avec un rire mal assuré.

— Si vous aviez agi avec plus de délicatesse, vous seriez certainement parvenue à sortir sans problème.

— Et si vous aviez eu l'obligeance de m'ouvrir cette maudite portière... commença rageusement Hanna.

— Réjouissez-vous plutôt que nous ne soyons pas restés tous les deux emprisonnés !

Hanna avait retrouvé son aplomb. Elle s'empara de ses deux valises avant que Ryan ait eu le temps d'en saisir une, et le précéda vers l'entrée du motel.

— Si cela ne vous dérange pas de m'indiquer le plus proche poste téléphonique, j'appellerai immédiatement ma tante. Vous n'avez plus à me supporter pour très longtemps, railla-t-elle.

— Je ferais peut-être bien de les avertir : ils ne savent pas ce qui les attend !

Comme Ryan marchait derrière elle, Hanna ne voyait pas son expression. Cependant, sa voix trahissait une gaieté mal contenue. « Qu'il aille au diable ! » songea-t-elle. Il devenait plus irritant d'heure en heure.

Après avoir formé le numéro de tante Rachel, la jeune fille laissa retentir longuement la sonnerie à l'étrange tonalité, avec une inquiétude croissante. Puis elle reposa le combiné.

— Cela ne répond pas, annonça-t-elle. Ils sont sans doute sortis.

— Ils profitent sûrement de leur dernière soirée de liberté avant votre arrivée, persifla Ryan en s'approchant de la cabine.

Mais devant l'anxiété de sa compagne, il déclara d'une voix radoucie :

— Vous avez l'air fatiguée, Hanna. Vous sentez-vous bien ?

— Oui, merci.

Les jambes faibles, elle avait l'impression que sa tête bourdonnait, comme si elle allait vaciller d'une minute à l'autre. Elle en comprit brusquement la raison, et grimaça un sourire en expliquant :

— Pour être honnête, je meurs littéralement de faim !

— Pardonnez-moi ! rétorqua-t-il d'un ton désolé. J'aurais dû y songer plus tôt. Nous n'avons rien mangé depuis notre sortie de l'avion. Je connais un très bon restaurant. Après nous être inscrit à l'hôtel, nous pourrons prendre une douche bienfaisante, et aller dîner. Qu'en dites-vous ?

— Je vous attendrai ici, décida-t-elle.

Elle se serait volontiers délassée sous l'eau fraîche, mais il fallait y renoncer puisqu'elle ne résiderait pas au motel.

— Oh, naturellement ! Vous pensiez vous rendre dans votre famille, se rappela Ryan.

Il consulta sa montre, et ajouta :

— Rien en vous empêche d'utiliser ma salle de bains, à moins que vous ne preniez vous-même une chambre : vos parents risquent de rentrer tard ce soir.

La première solution ne convenait guère à Hanna. Pourtant, étant donné sa fatigue, elle préférait encore supporter Ryan que de se lancer dans une conversation animée avec Rachel et ses fils qui l'accableraient vraisemblablement de questions. Mieux valait attendre le lendemain pour les rencontrer.

— Si c'est possible, j'aimerais autant rester ici cette nuit.

— Voilà une réponse sensée ! acquiesça son compagnon.

Après avoir examiné le ciel par la fenêtre du hall, il lança d'un ton moqueur :

— Puisque nul orage ne menace, nous pouvons réserver deux chambres en toute liberté.

— Vous affronteriez sans nul doute une situation orageuse si vous en décidiez autrement, répliqua Hanna avec une expression pincée.

Ryan s'éloigna vers la réception, un sourire malicieux sur les lèvres. Il s'en tint à ses dispositions, et la jeune fille fut heureuse de se servir de sa propre salle de bains. Elle revêtit ensuite une robe lavande sans manches en prévision du dîner qui eut lieu à *La Plantation*. Bien qu'il ne fît aucun commentaire, Donalson parut approuver sa tenue. Le repas, composé de poulet à l'ananas et d'une savoureuse tarte, s'avéra absolument délicieux, malgré son goût déconcertant de prime abord.

Hanna commit une seule faute en commandant un

cocktail, constitué principalement de gin : elle eut ensuite du mal à garder ses yeux ouverts, et à soutenir la conversation.

Pourtant, de retour au motel, elle ne réussit pas à s'endormir. Son esprit agité passait en revue les événements de la journée.

Après un moment, elle se releva pour se faire du café grâce à un petit percolateur installé dans un coin de la pièce. Sa tasse à la main, elle demeura debout au milieu de sa chambre. Les dernières heures défilèrent dans sa mémoire, jusqu'au moment où Ryan lui avait dit bonsoir, devant sa porte. Certes, il s'était conduit d'une manière irréprochable, mais lorsqu'il avait plongé ses yeux dans les siens, elle avait senti les battements de son cœur s'accélérer. Sans doute l'alcool lui avait-il joué un mauvais tour, car elle avait cru lire dans le regard de cet homme l'expression d'un désir ardent...

Hanna n'en avait pas été effrayée, mais en avait ressenti un trouble étrange. Malgré son immense lassitude, elle avait eu envie de prolonger cet instant, tout en se refusant de l'analyser. Cependant, s'il avait avancé d'un seul pas à l'intérieur de sa chambre, sa colère n'eût pas connu de bornes.

Au bout d'un laps de temps qu'elle eût été bien incapable de mesurer, Ryan avait rompu le charme :

— Bonne nuit. Dormez bien.

Il avait alors longé le balcon qui reliait toutes les chambres, et était entré dans la sienne.

Peut-être avait-il redouté de connaître la solitude dans cette même ville où il avait goûté le bonheur avec Jessica ? Le tournage du film n'aurait pu se situer à un pire moment pour lui, songea Hanna, frappée par l'ironie du destin. Le cœur brisé, il essayait indubitablement de s'habituer à l'absence de la scénariste. Son comportement insolite s'expliquait vraisemblablement par un amer regret...

La jeune fille se gourmanda de songer à Ryan Donalson. Pourquoi perdre ainsi son temps alors qu'elle allait découvrir un monde si nouveau pour elle ? L'aube était encore loin, hélas ! Vicksburg dormait dans une moiteur tiède, mais demain la ville lui révèlerait ses beautés. Pourtant, malgré l'obscurité, elle était dévorée d'impatience à l'idée de voir enfin le splendide Mississippi.

Après avoir avalé la dernière goutte de café, Hanna décida d'aller sur la galerie admirer la cité endormie. Elle ouvrit doucement la porte de sa chambre pour se glisser au-dehors. L'air chaud enveloppa ses frêles épaules. Debout sur le seuil, elle allait s'avancer jusqu'à la balustrade lorsqu'elle perçut la présence d'un tiers... A quelques pas se dressait la haute silhouette de Ryan.

Elle voulut battre en retraite, mais n'osa pas esquisser un seul geste, de peur d'être entendue. Les bras croisés sur son léger déshabillé en coton, elle demeura là de longues minutes. Torse nu, il semblait perdu dans la contemplation du paysage nocturne. Les pâles rayons de la lune éclairaient sa large carrure et son profil aux traits accusés se découpait sur le ciel piqueté d'étoiles.

Les nerfs tendus, elle retenait son souffle. Pourquoi Ryan possédait-il le don de la perturber à ce point ? Au contact du sol froid du balcon, elle se mit à frissonner, malgré la chaleur ambiante. Cependant, elle ne fit pas un seul mouvement : elle ne parvenait pas à détacher ses yeux du metteur en scène.

Soudain, comme s'il avait deviné son regard, Ryan tourna lentement la tête vers elle.

— Hanna ? demanda-t-il d'une voix à peine perceptible.

Semblable à une danseuse sur le point d'exécuter une pirouette, Hanna hésita une seconde, en équilibre instable sur la pointe des pieds, puis s'enfuit à l'intérieur de sa chambre où elle s'enferma à clef.

5

— Hanna ! s'exclama tante Rachel d'un air ravi en entendant sa nièce au téléphone le lendemain matin. Oh, ma chérie, je suis si contente ! Quand es-tu arrivée ? Où es-tu en ce moment ?

Assaillie par ce flot de questions, la jeune fille riait de plaisir devant un accueil aussi chaleureux. Au bout d'un instant, elle réussit enfin à répondre :

— Je t'appelle du motel où résidera l'équipe de télévision pendant le tournage. J'ai essayé de te joindre hier soir...

— Quel dommage ! Nous avons été obligés d'aller à un gala de charité au collège de Leigh. Si j'avais su !

— Ce n'est pas grave. Mais puisque tu es chez toi à présent, j'avoue que je meurs d'impatience de venir.

— Ma chérie, nous arriverons au motel dès que possible. Jay, Hanna est arrivée !

Rachel annonça cette nouvelle à son fils d'une voix surexcitée, puis reprit à l'intention de sa nièce :

— Jay va sortir du bain, et monter en voiture sans perdre un instant. Nous serons réunis dans... environ une heure et demie.

Hanna raccrocha le combiné avec une expression pensive. Son empressement à faire connaissance de sa famille l'avait conduite à se dispenser de petit déjeuner.

En sortant de sa chambre, elle s'était précipitée vers la cabine téléphonique dans le hall inondé de soleil. Commes ils ne seraient pas là avant longtemps, il lui faudrait attendre plus que prévu.

En passant par le balcon, elle n'avait pas aperçu Ryan qui devait dormir encore. Après réflexion, elle décida de se rendre dans la salle à manger sans lui.

Hanna avalait sa deuxième tasse de café lorsque son compatriote fit son apparition. Il portait une chemise bleue en voile de coton, et un jean. Il s'avança vers la table de la jeune fille, suivi du regard admiratif de la serveuse. Nulle femme ne restait insensible à sa virilité féline.

Elle s'était trompée en déduisant qu'il avait fait la grasse matinée, car il déclara :

— Vous auriez dû venir nager, Hanna. J'ai disposé de la piscine pour moi tout seul.

— Je ne pensais pas vous voir levé aussi tôt.

— Je me suis mis au travail à six heures, ce matin. Je n'ai pas besoin de beaucoup de sommeil.

Après s'être assis en face de la jeune fille, il passa sa commande à la serveuse en lui adressant un sourire éblouissant.

— Vous aviez l'air songeuse lorsque je suis entré, remarqua Ryan. Qu'est-ce qui vous préoccupe ?

Un peu agacée par son air conquérant, Hanna eut envie de répondre : « Pas vous ! » Cependant, elle se contint, et jugea plus prudent d'expliquer :

— Je viens de téléphoner à ma tante. Elle m'a dit qu'elle viendrait me chercher dans plus d'une heure ! J'espérais qu'elle se mettrait en route immédiatement.

— Peut-être avait-elle quelques affaires à régler auparavant. Où habite-t-elle exactement dans Vicksburg ?

— Tout près d'ici, à Port Gibson,

A ces mots, Ryan rejeta la tête en arrière, et éclata de rire.

— Ma chère enfant, vous avez oublié de demander des précisions supplémentaires : Port Gibson se situe à environ cinquante kilomètres d'ici !

Hanna le regarda d'un air incrédule, et il ajouta :

— Je vous dis la stricte vérité... Vous rendez-vous compte que vous devrez vous trouver ici tous les matins, à huit heures précises ?

Il se beurra un toast tandis qu'elle mesurait la signification de ce détail imprévu.

— Moi qui pensais me rendre à pied à mon travail... commença-t-elle à mi-voix. Que vais-je faire ?

— Ne vous inquiétez pas, la rassura Ryan. Il vous suffira de vous coucher tôt afin d'être en forme au réveil.

Il s'arrêta une seconde, comme s'il méditait, puis poursuivit :

— Oh, juste un conseil : ne vous promenez pas la nuit en déshabillé. On pourrait mal l'interpréter.

Hanna rougit sous l'affront : il faisait mine de croire qu'elle avait ouvert sa porte pour l'encourager !

— Vous vous méprenez complètement, s'écria-t-elle d'une voix furieuse. Je n'ai *jamais* eu l'intention...

— Quel dommage ! Vous étiez ravissante.

La jeune fille se leva vivement, et repoussa violemment sa chaise.

— Monsieur Donalson, explosa-t-elle, si vous voulez me parler de travail, je serai au bar.

Elle tendit la main vers son sac, mais il saisit son poignet au passage.

— Je me prénomme Ryan, rectifia-t-il. Essayez, vous verrez comme c'est facile. Si vous vous obstinez à m'appeler par mon nom de famille, les membres de l'équipe se poseront des questions à votre sujet.

Les lèvres serrées, Hanna le défia de ses yeux verts, étincelants de rage. Après une minute de cette joute silencieuse, il la relâcha.

— Allons, souriez, fit-il d'un ton enjôleur. Je sais que

vous désapprouvez ma conduite, mais cessez un peu de le montrer : nous ne nous entendrons que mieux.

Domptée par sa gentillesse inattendue, Hanna se rassit. Ryan lui adressa un sourire radieux avant de déclarer :

— Il vaut mieux que vous sachiez comment se déroulera le tournage. Aujourd'hui, je me rends sur le site prévu, avec Bill Hicky, afin d'organiser l'ordre des prises de vue. Nous avons déjà filmé un grand nombre de scènes en studio, mais nous avons besoin du cadre original des vieilles bâtisses du sud pour certaines autres.

Le metteur en scène expliquait clairement son travail, et Hanna comprit rapidement pourquoi ses méthodes suscitaient une telle admiration. De plus en plus fascinée par le récit de son interlocuteur, elle n'apprécia guère l'intervention de la serveuse. Cette dernière lui demanda si elle se nommait bien Miss Hanna Ballantyne.

— En effet, c'est moi, reconnut-elle en levant les yeux d'un air surpris.

Satisfaite, l'employée s'éloigna pour revenir quelques instants plus tard accompagnée d'un jeune homme, puis elle s'éclipsa. L'arrivant, très grand, avait la carrure d'un joueur de base-ball. Une épaisse mèche d'un blond doré lui barrait le front. Il était vêtu d'un tee-shirt vert portant le nom de son collège, et d'un jean blanc. L'espace d'une seconde, il parut éberlué, puis il se ressaisit, et sourit en révélant des dents magnifiques.

— Eh bien, cousine Hanna, je me réjouis de t'escorter jusqu'à la maison. Je suis Jay Caldwell.

La jeune fille, stupéfaite, découvrit que son cousin n'était plus un petit garçon. Il lui tendit les bras, et elle courut l'embrasser comme si elle le connaissait depuis de longues années.

— Jay, je suis tellement contente de te voir !

Consciente d'être observée par Ryan, elle se dégagea

rapidement de l'étreinte de son cousin. Après avoir jeté un coup d'œil autour d'elle, elle interrogea :

— Où se trouve ta mère ?

— Elle nous attend dans la voiture, répliqua Jay.

— Pourquoi ne t'a-t-elle pas accompagnée ? s'étonna Hanna.

— Eh bien... Sans doute ignores-tu qu'elle marche avec difficulté. Elle refuse souvent de se l'avouer, car elle supporte mal cette infirmité.

— ... De quoi souffre-t-elle ?

— D'arthrite. Oh, elle ne se plaint jamais ! Allons, prends tes bagages, elle risque de s'impatienter.

Hanna allait s'éloigner précipitamment en compagnie du jeune homme visiblement ravi, lorsque Ryan jugea bon de toussoter et de se lever.

— Hanna est également venue ici pour travailler, signala-t-il. Puisqu'elle n'a pas eu la courtoisie de me présenter, je m'en chargerai moi-même. Je suis Ryan Donalson, son employeur.

Il s'exprimait d'un ton froidement poli, mais tendit cependant la main à Jay.

— Je suis désolé, répondit ce dernier en serrant la main du metteur en scène, sans grand enthousiasme.

Les deux hommes mesuraient à peu près la même taille, mais la ressemblance s'arrêtait là. Hanna devina qu'ils s'étaient déplus au premier regard.

— Monsieur Donalson n'est *pas* mon employeur, corrigea-t-elle.

— J'avais oublié, ironisa Ryan en se tournant vers Jay. Elle est venue ici par pure bonté d'âme.

— Je suis tout à fait capable de subvenir à mes propres dépenses, riposta Hanna d'une voix furibonde.

— Je ne comprends pas, commença son cousin, apparemment désorienté. Je croyais que tu étais venue avec une équipe de télévision, et que tu habiterais chez nous.

— Hanna peut passer la journée avec vous, naturellement, accorda Donalson. Mais il faudra qu'elle se trouve sur les lieux de tournage à huit heures, demain matin.

Hanna était excédée par l'intonation de Ryan qui sonnait comme un ordre. L'expression rieuse de Jay s'était modifiée : il affrontait désormais le metteur en scène comme un adversaire.

— Je vous serais reconnaissante de ne pas me traiter comme un quelconque objet dont vous disposeriez à votre gré, s'emporta la jeune fille. Je travaille pour vous temporairement, certes, mais cela ne vous donne pas le droit de me dicter ma conduite. A présent, si vous êtes sûr de pouvoir vous passer de moi, nous partons.

— Ne vous inquiétez pas. Je veillerai à l'accompagner à temps, demain, ajouta Jay.

— Merci, répliqua Ryan.

Un sourire erra sur ses lèvres, puis il se pencha brusquement pour déposer un baiser sur la joue d'Hanna.

— Amusez-vous bien ! souhaita-t-il avant de s'éloigner vers la réception.

Le jeune Caldwell le suivit d'un regard intrigué.

— Se comporte-t-il toujours ainsi ? s'enquit-il.

— Il est insupportable ! renchérit sa cousine.

De quel droit Ryan s'était-il permis de l'embrasser en présence de Jay ? Ce geste visait sans doute à impressionner le jeune homme, mais elle le considérait plutôt comme une insulte. Son cousin risquait d'en déduire qu'ils avaient noué des liens très étroits, et c'était entièrement faux !

— Si je n'avais pas cherché à rendre service à Jessica, je n'aurais jamais accepté de venir, reprit Hanna.

Elle raconta à Jay Caldwell les circonstances de son engagement dans l'équipe de télévision. Soulagée d'être débarrassée de la présence de Ryan, elle marchait gaiement aux côtés du jeune homme. Lorsqu'ils arrivèrent à la voiture, elle était essoufflée.

Tante Rachel, appuyée contre une décapotable verte, tendit aussitôt les bras pour étreindre sa nièce. Quoiqu'un peu plus jeune, elle ressemblait trait pour trait à la mère d'Hanna.

— Oh, tante Rachel, quelle joie de t'embrasser! s'écria la jeune fille.

— Ma chérie, je suis tellement émue que je ne sais que dire, répondit sa tante, les larmes aux yeux.

Quelques mèches grises commençaient à se mêler à sa splendide chevelure auburn. Elle portait une robe de coton crème, sans manches, qui mettait en valeur l'aspect satiné de sa peau bronzée. L'élégante coupe de son vêtement masquait sa tendance à l'embonpoint. Près de son immense fils, elle paraissait plus petite que sur les photos, mais beaucoup plus jeune aussi. Comment une femme aussi avenante et enjouée pouvait-elle souffrir d'arthrite, une maladie qui frappe les vieillards? Hanna se sentit déborder d'affection pour sa charmante tante.

— Mon enfant, je ne t'imaginais pas aussi jolie, déclara cette dernière. Tu me donneras des nouvelles d'Angleterre pendant que nous visiterons la ville. Jay, aide-moi à monter en voiture. Mes jambes m'obéissent mal à cette époque de l'année, l'humidité est si pénétrante... Nous irons ensuite à la maison, où nous nous reposerons durant la grosse chaleur... Mais où sont tes valises?

Tout en bavardant, elle avait pénétré dans le véhicule, grâce au secours de son fils.

— Je les ai oubliées dans le hall du motel! s'exclama Hanna en riant. Je vais les chercher.

— Jay va s'en occuper, n'est-ce pas mon chéri? Hanna, assieds-toi à l'avant afin de profiter du paysage.

Hanna obéit à sa tante, et s'installa sur le siège de cuir brûlant. Sa fine jupe de coton jaune pâle ne la protégeait pas de la banquette surchauffée, mais elle ne regrettait pas de l'avoir revêtue avec un chemisier assorti, brodé de blanc. En effet, elle savait que cet ensemble lui allait bien, et se réjouissait de paraître à son avantage.

Rachel bavardait sans laisser à sa nièce le temps de placer un seul mot. Celle-ci écoutait son discours volubile, hochait la tête, et attendait calmement son tour.

— Lorsque ta mère m'a téléphoné pour m'annoncer ton arrivée, j'en suis presque tombée à la renverse sur le pauvre chat, paisiblement endormi sur le fauteuil. Nous avons un superbe siamois qui se nomme Rajah... Je me suis donc dépêchée d'annuler trois soirées de bridge, prévues la semaine prochaine. Joues-tu à ce jeu de cartes ? Oh, non, bien sûr, tu es trop jeune pour te livrer à ce passe-temps. Leigh ne partage pas l'engouement de Jay pour le sport. Il préfère lire. Il te plaira certainement...

Un peu abasourdie par ce papotage continu, Hanna étouffait dans la voiture fermée. Elle releva ses cheveux sur sa nuque, en déplorant de ne pas les avoir attachés comme la veille. Quand elle tendit la main pour baisser la vitre, sa tante l'interrompit :

— Oh, non, ma chérie ! Dès que nous roulerons, l'air conditionné rafraîchira l'atmosphère.

Sa nièce remarqua alors qu'ils étaient garés près de la Buick de Ryan. Malgré le bavardage de Rachel, elle se mit à rougir au souvenir de la scène de leur arrivée au motel. Elle ferma les yeux en se rappelant le moment où elle était littéralement tombée dans les bras du metteur en scène. Allons, il était absurde de songer à cet odieux individu !

Quand Jay eut déposé les valises dans le coffre, il s'assit au volant. Dès qu'ils roulèrent, la température devint plus clémente.

— Eh bien, Hanna, qu'aimerais-tu voir en premier ? demanda-t-il.

— Le fleuve, répliqua-t-elle avec entrain. Rien ne m'attire autant que le Mississippi.

Les deux autres rirent de son enthousiasme exubérant. Pour la taquiner, ils affirmèrent que ce n'était qu'une étendue d'eau boueuse, peu digne d'un tel intérêt. Hanna protesta : à ses yeux, aucune rivière au monde n'offrait un tel cachet romantique, et il ne parviendraient pas à la convaincre du contraire.

— Dans ce cas, dirigeons-nous vers Fort Hill, suggéra sa tante. Nous l'apercevrons beaucoup mieux des hauteurs.

— Nous devrons donc traverser le Parc National, déduisit Jay. Cela ne t'ennuie-t-il pas, Hanna ?

— Pas du tout. J'avais également envie de le visiter.

A présent, le véhicule circulait dans des rues en pente, bordées de maisons de brique. Au passage, le conducteur indiquait à sa cousine les détails intéressants. Malgré la gaieté de ses compagnons, la jeune fille ressentait une vague nostalgie... S'agissait-il du mal du pays ? Elle se trouvait pourtant entourée de ses parents, ravis de l'accueillir, et ne comprenait pas sa réaction. Son malaise se prolongea jusqu'à l'entrée dans le Parc National.

Sous le ciel d'un bleu transparent, une brume de chaleur estompait le contour des collines boisées. Saisie par la beauté de ce décor paisible, Hanna eut peine à croire qu'une horrible bataille y avait fait rage, un siècle auparavant. Jay se gara bientôt devant un monument commémoratif dédié aux hommes tombés au champ d'honneur.

— Grimpons au sommet de cette éminence, suggéra le jeune homme. Cela ne te dérange pas, maman, n'est-ce pas ?

— Bien sûr que non. Ne vous inquiétez pas pour moi, répondit Rachel d'un air rayonnant.

Hanna fut rapidement essoufflée par l'ascension entreprise sous un soleil de plomb. Son cousin ralentit un peu pour lui laisser le temps de se remettre. Il lui conta ensuite quelques anecdotes cocasses. Il s'exprimait avec force mimiques amusantes, et gesticulait abondamment. Elle ne tarda pas à rire aux larmes devant les scènes historiques qu'il évoquait.

— Il faudra vraiment que je raconte ces détails à Jessica ! s'exclama-t-elle.

— Tu l'aimes beaucoup, n'est-ce pas ?

— Je ne puis rêver d'une employeuse plus agréable !

Jay lui jeta un coup d'œil pénétrant avant de suggérer :

— Mais tu ne t'entends guère avec ce Donalson...

Comme il n'avait pas réellement formulé de question, Hanna ne jugea pas utile d'acquiescer. Elle frissonna imperceptiblement puis s'efforça de contempler la vue. Des bornes surgissaient partout de terre pour signaler tel ou tel fait d'armes. Jay la fixait en souriant.

— Allons, viens, dit-il au bout d'un moment. Ne nous éternisons pas sur ce déprimant champ de bataille.

Il redescendit la colline en courant, tandis que sa cousine suivait beaucoup plus lentement. Lorsqu'elle arriva à la voiture, il lui tenait la portière ouverte.

— Le véhicule de Madame est avancé ! annonça-t-il en s'inclinant d'un air moqueur.

A Fort Hill, Mme Caldwell ne quitta pas non plus son siège. Jay entraîna Hanna en haut d'un talus, en lui prenant la main pour la guider le long du sentier. A quelques mètres du sommet, il lui conseilla de fermer les yeux.

— Tu peux regarder, maintenant, lança-t-il au bout d'un moment.

Hanna découvrit alors avec émerveillement le majestueux Mississippi, sinuant entre ses berges couvertes d'une végétation très dense.

— La Louisiane s'étend sur l'autre rive, expliqua son compagnon.

— J'ai l'impression de rêver, répliqua sa cousine.

64

Par jeu, il lui pinça légèrement le bras.

— Tu es bien réveillée, Hanna, et je suis vraiment heureux que tu sois venue. Je t'emmènerai sur le fleuve un soir de la semaine prochaine, lorsque la pleine lune baignera le paysage d'une lueur nacrée.

— Ce sera inoubliable ! s'exclama-t-elle avec enthousiasme.

— Avec toi, je n'en doute pas. J'ai bien envie de te présenter à tous mes amis, mais je redoute leur concurrence : ils vont être fous de toi.

Sans prendre ses déclarations au sérieux, elle plaisanta :

— Ne t'inquiète pas, je saurai les éloigner. Je leur dirai que tu as la priorité.

— Vraiment ? s'enquit Jay, le visage radieux. Je t'obligerai à tenir parole. Tu es absolument ravissante, et je raffole de ton délicieux accent anglais !

Hanna appréciait de plus en plus la compagnie de ce jeune homme amical. Elle se sentait parfaitement à l'aise avec lui. Après lui avoir passé familièrement un bras autour des épaules, son cousin lui nomma les différentes bourgades disséminées à leurs pieds.

Tout près d'eux, un ancien canon était pointé en direction de la rivière. Jay lui relata quelques faits historiques d'importance, puis ils retournèrent vers tante Rachel.

— C'était un spectacle splendide ! s'écria la jeune fille. Je regrette que tu ne sois pas venue avec nous.

— J'aurais peut-être pu marcher sous un climat plus tempéré, s'excusa en souriant Mme Caldwell.

Elle en profita pour expliquer à sa nièce combien l'humidité lui convenait mal. Pourtant, elle adorait l'Amérique, et n'envisageait pas de regagner l'Angleterre. Elle s'était donc résignée à supporter ses maux. Dieu merci, l'arthrite n'affectait pas ses mains !

De retour à Vicksburg, ils déjeunèrent copieusement,

la promenade leur ayant aiguisé l'appétit. Ils se rendirent ensuite dans la vieille ville, puis au bord de la digue, et visitèrent enfin une habitation typique de planteurs.

La décoration intérieure avait été restaurée dans sa magnificence initiale. Hanna était confondue par le déploiement d'un tel luxe.

En milieu d'après-midi, frappée par les traits tirés de sa tante, Hanna prétendit qu'elle était fatiguée, ce qui n'était pas non plus tout à fait inexact.

— Il vaudrait peut-être mieux rentrer, Jay, suggéra aussitôt Rachel.

Ils s'arrêtèrent brièvement pour boire des rafraîchissements, puis ils prirent la route de Port-Gibson.

Les Caldwell habitaient au bord d'une route peu fréquentée. Leur maison de bois, entourée d'une large galerie sur la façade, ne correspondait pas du tout à ce qu'avait imaginé Hanna. Sur l'arrière s'étendait un grand jardin, planté de plusieurs magnolias gigantesques. La floraison, en plein essor un mois plus tôt, touchait à sa fin, mais il restait encore quelques fleurs sur ces arbres superbes.

Grâce à l'air conditionné, une température agréable régnait à l'intérieur. De délicats rideaux en mousseline ivoire filtraient les rayons du soleil.

Le salon, vert et blanc, était tapissé d'une moquette douce, de la couleur de la mousse. Sur les murs des gravures représentaient la campagne anglaise. L'attention d'Hanna fut immédiatement attirée par un vase blanc, posé sur un guéridon, qui contenait une immense fleur de magnolia, aux larges pétales opalescents. Un peu éberluée par leur taille, elle contempla leur beauté irréelle.

La bâtisse avait été construite de plain-pied. La chambre d'amis, que la jeune fille visita en compagnie de sa tante, donnait sur le jardin. Mme Caldwell avait exécuté elle-même la ravissante courtepointe rose et lilas, et les rideaux en filet qui décoraient la pièce. Hanna fut instantanément séduite par son aspect frais et reposant. Rachel lui proposa de prendre une douche et de se reposer sur son lit un moment. Sa nièce s'inclina volontiers devant cette suggestion.

Leigh rentra tard du collège. A la différence de son frère, il n'avait pas voulu manquer un jour de classe, car il était très studieux. Beaucoup moins expansif que Jay, il accueillit néanmoins sa cousine anglaise avec effusion. Celle-ci apprécia ses manières tranquilles. Tout comme Jay, son aîné de deux ans, il adorait visiblement sa mère. Ils étaient aux petits soins pour elle, et Rachel acceptait gaiement d'être traitée avant tant de prévenances.

Tout en dînant dans un délicieux restaurant, un peu plus tard, ils accablèrent Hanna de questions sur l'Angleterre. Elle y répondit de bonne grâce, et apprécia énormément la soirée.

— Quel âge as-tu, Hanna ? demanda Rachel.

— Vingt-deux ans.

— As-tu déjà songé au mariage ?

— Je ne suis pas encore tombée suffisamment amoureuse pour l'envisager.

Après avoir tourné sa cuiller dans sa tasse à café, Rachel glissa :

— Aimerais-tu vivre ici ?

— Je ne sais si j'arriverais à m'habituer au climat, rétorqua-t-elle en riant.

Il faisait encore très chaud lorsqu'ils sortirent du restaurant, mais de grosses gouttes d'eau crépitaient sur le sol. Sur le chemin du retour, une averse torrentielle martela le toit de la voiture, rendant les essuie-glaces presque inutiles. Hanna fut soulagée d'arriver à destination. Elle allait gagner sa chambre lorsque Jay lui proposa :

— Viens regarder la pluie sous la galerie.

Rachel s'était déjà retirée, et Leigh étudiait une leçon.

La porte d'entrée était ouverte pour laisser circuler l'air frais. Hanna posa son verre de citronnade avant de franchir le seuil.

Jay l'avait précédée. Debout contre un pilier sous l'auvent qui les protégeait de la pluie diluvienne, il observait pensivement la vapeur qui montait du sol. La jeune fille se rapprocha de son cousin, et lui demanda d'une voix inquiète :

— Il ne va pas y avoir d'orage, n'est-ce pas ?

Jay étudia le ciel opaque avant de la rassurer :

— Non, pas ce soir.

Soulagée, Hanna se détentit et commença à apprécier le spectacle. Accoudé à la balustrade, le jeune homme la regardait d'un air admirateur. Elle rejeta une mèche de cheveux et sourit, charmée de la connivence qui s'était établie entre eux. Amusée par son ton badin, elle lui répondait sans prendre au sérieux ses compliments outranciers. Le reflet d'une lampe tempête éclairait la chevelure de Jay d'une lueur argentée, et soulignait les traits anguleux de son visage. Malgré elle, sa cousine se mit à évoquer Ryan Donalson. Les yeux mi-clos, elle s'imagina qu'elle contemplait la haute silhouette aux boucles brunes, au nez aquilin, aux sourcils fournis et à la bouche au dessin ferme. Par contraste, le jeune Caldwell ne semblait pas entièrement sorti de l'adolescence.

Comment Ryan avait-il passé la journée ? Leur dernière entrevue paraissait remonter à très longtemps, alors qu'ils s'étaient quittés le matin même. Se tenait-il comme la veille au soir sur le balcon du motel, incapable de dormir à cause de Jessica ? Hanna espérait bien que non. Curieusement, elle n'aurait pas supporté de le savoir malheureux.

6

— Pour l'amour de Dieu, jouez de façon plus vivante !
Reprenez tout depuis le début, cria Ryan. Les personnages viennent de subir une défaite... Ce ne sont pas de
simples mannequins ! Je veux *voir* leurs réactions.

Le metteur en scène tournait en extérieur la scène
prévue à la fin du siège de Vicksburg. Une activité
frénétique régnait dans toute l'équipe, mobilisée pour la
circonstance. Un nombre imposant de figurants vagabondait parmi les rouleaux de fils, les lampes et les rails de la
caméra. Caméramen, assistants et ingénieurs du son
s'affairaient sous les ordres de Donalson. Il n'était pas
satisfait des prises de vue et apostrophait violemment les
acteurs et les techniciens.

— On recommence la séquence de l'arrivée du général, hurla-t-il. Retournez tous à vos places, et vociférez
dès qu'il apparaît.

Il parcourut la foule d'un œil perçant avant de
gronder :

— Où est ma scénariste ?

— Euh... elle est en retard, répondit Bill Hickly.
Souhaitez-vous que je prenne sa place en attendant son
arrivée ?

— Non, répliqua sèchement Ryan.

Il se tourna vers le comédien interprétant le rôle du militaire, et articula soigneusement :

— Michael, mettez-vous bien dans la peau de votre personnage : vous êtes un général victorieux. Vous venez de conquérir cette ville après un long siège. Je veux que la caméra vous cadre de dos quand vous en franchissez les portes. Votre simple façon de marcher vous fait haïr de la population locale. N'oubliez pas qu'un acteur ne joue pas seulement avec son visage, mais avec tout son corps !

— Mais cela diffère considérablement du scénario original, protesta l'intéressé.

Sans lui répondre, Donalson se rendit auprès de son assistant. Il indiqua ensuite où devaient se placer les différents techniciens. Pendant ce temps, les figurants, plus détendus, s'assirent ou se protégèrent la tête de l'ardeur du soleil. Devant leur léthargie, Ryan lança d'une voix exaspérée :

— Je vous accorde une pause d'une demi-heure. Mais il faudra que tout fonctionne parfaitement ensuite. Nous ne filmons pas une scène longue, et nous devrions en avoir fini à l'heure du déjeuner. Au train où nous allons, vous serez tous encore là à la nuit tombée !

Une fois sortie de voiture, Hanna aperçut aussitôt le metteur en scène, et elle crut défaillir. Elle avait nourri l'espoir absurde qu'elle lui avait manqué, et se rendit immédiatement compte qu'elle servirait au contraire de bouc-émissaire idéal à sa colère. Elle n'était pas responsable de son retard, et ne pouvait pas non plus en incriminer Jay. Tout était arrivé à cause de ce pauvre chien qui avait voulu traverser juste devant la décapotable. Le conducteur avait donné un brusque coup de frein pour l'éviter et la tête de sa passagère avait heurté le pare-brise. Ils s'étaient arrêtés un bon moment ensuite afin qu'elle reprenne ses esprits, puis la voiture avait refusé de redémarrer.

Tout en s'avançant parmi l'équipe de tournage, Hanna

70

avisa l'expression menaçante de Ryan. Leurs relations en étaient revenues au point de départ : elle aurait affaire au désagréable metteur en scène des studios Beauman.

La matinée n'avait pas très bien débuté : aucun de ses deux cousins n'était habitué à se lever à l'aube. Or, Hanna devait prendre son petit déjeuner à six heures et demie pour être à Vicksburg à huit heures. Elle avait donc préparé le thé mais cette boisson n'avait pas complètement réveillé Jay, d'humeur assez maussade au lever du lit.

— Te mettras-tu toujours en route aussi tôt ? avait-il demandé en étouffant un bâillement.

— Ce sera parfois pire ! l'avait taquiné sa cousine.

— Oh, non ! Nous serons contraints de te louer une voiture. Je ne peux pas me lever tous les jours à l'aurore.

Hanna s'était sentie gênée de causer un tel tracas à sa famille.

— Je ferais mieux d'appeler un taxi, avait-elle suggéré.

Mais Ray s'y était énergiquement refusé. Il avait arboré son plus beau sourire en décidant :

— Je changerai mes habitudes, rien que pour toi. Je serai debout au chant du coq à partir de maintenant. J'en serai récompensé par le plaisir de te tenir compagnie.

Avant de sortir de la maison, Hanna avait fait un tour au salon. La merveilleuse fleur de magnolia d'un blanc crémeux s'était flétrie au point de virer au brun. Cette vision attrista la jeune fille. Etrangement, elle avait alors songé que, à cause de Jessica, la vie de Ryan s'était également fanée. Obéissant à une impulsion subite, elle s'était rendue dans le jardin pour en cueillir une nouvelle, pas encore épanouie, et l'avait mise à la place de l'ancienne.

Tandis qu'elle marchait vers le metteur en scène, Hanna se souvint avec étonnement de ses dispositions à son égard : la veille, et le matin même, elle avait ressenti

pour lui une immense sympathie. Sans doute l'éloigne-
ment adoucissait-il les relations les plus conflictuelles...
Pourtant, à présent, ses nerfs étaient tendus. Certes, les
deux heures de retard de sa collaboratrice justifiaient la
mauvaise humeur de Ryan, mais elle redoutait de n'être
même pas autorisée à formuler des excuses. Son pressen-
timent ne l'avait pas trompée. Dès qu'elle arriva à portée
de voix, Donalson s'écria d'un ton cinglant :

— Alors, vous avez enfin condescendu à venir !

— Je suis désolée... commença Hanna.

— J'imagine que vous savez l'heure, coupa-t-il brutalement. Pourquoi l'avez-vous retenue aussi longtemps ?
ajouta-t-il à l'intention de Jay.

Ryan portait un short kaki, à la couleur légèrement
passée, et un tee-shirt d'un blanc immaculé. Il avait
chaussé des sandales de cuir naturel d'une teinte à peine
plus claire que le hâle de ses jambes musclées. Pourtant,
son autorité n'était absolument pas diminuée par la
simplicité de sa mise. Au reste, tous étaient vêtus dans le
même style, et Hanna se sentit étrangement déplacée
dans sa jolie robe de coton.

— Je vais vous expliquer, riposta le jeune homme. La
voiture...

— Ecoutez-moi bien, l'interrompit Ryan. Le tournage
a débuté à sept heures. J'avais déjà accordé à Hanna un
répit en lui proposant d'arriver une heure plus tard. Je ne
me satisferai pas d'excuses incohérentes : j'avais besoin
de ma scénariste pour les scènes précédentes !

L'intéressée perdit patience.

— Ne parlez pas ainsi à mon cousin ! Nous avons joué
de malchance en venant ; sa voiture est tombée en panne
à la suite d'un petit incident. Un brin de politesse ne
serait pas superflu ! ajouta-t-elle en rejetant ses cheveux
en arrière.

— Vous êtes mal placée pour me donner des leçons,
jeta Ryan, les yeux dangereusement plissés.

Jay, mal à l'aise, s'attendait à voir la querelle s'envenimer, mais à sa grande surprise, Donalson changea brusquement de ton. Il venait d'apercevoir la trace du choc sur le front d'Hanna, cachée auparavant par sa chevelure. Il l'effleura brièvement du bout des doigts en demandant d'une voix altérée :

— D'où vient cette bosse ?

— Si vous aviez consenti à m'écouter, vous le sauriez, riposta-t-elle. Un chien a voulu traverser la route ; Jay a freiné brutalement et j'ai été projetée en avant. Ce n'était pas grave, mais la voiture ne démarrait plus. Nous avons dû marcher jusqu'au plus proche garage, pour revenir avec une dépanneuse.

Pendant une fraction de seconde, les doigts de Ryan s'attardèrent sur sa blessure d'une manière caressante, puis il s'adressa à Jay :

— Au nom du ciel, pourquoi n'avait-elle pas attaché sa ceinture de sécurité ? Elle risquait une fracture du crâne !

— Je ne les utilise jamais, répondit le jeune homme.

— Il serait temps de vous y mettre ! Vous devez vous soigner, poursuivit Donalson à l'adresse de la jeune fille en ramassant quelques documents épars sur une table portative. Nous allons regagner l'hôtel.

Il s'éloignait déjà à grandes enjambées. Hanna jeta un regard suppliant à son cousin, dans l'espoir qu'il comprendrait la situation, et suivit Ryan.

— J'aimerais au plus tôt retenir à nouveau votre chambre, jeta-t-il par-dessus son épaule. Je ne veux pas qu'un tel fiasco se renouvelle.

— Comment ? dit-elle en s'arrêtant net.

— Vous dormirez au motel à partir d'aujourd'hui.

— Je m'y refuse ! s'exclama Hanna, outrée. Attendez !

Dès qu'il se fut immobilisé pour lui prêter attention, elle consentit à reprendre :

— Je suis aussi venue ici afin de faire connaissance

avec ma tante et mes cousins. Que penseront-ils en apprenant que je ne peux pas séjourner chez eux ?

— J'imagine aisément leur déception, et j'en suis désolé, mais réfléchissez au problème, et vous verrez que j'ai raison. Port Gibson est beaucoup trop loin.

— Je n'habiterai pas au motel, se rebella Hanna. Je passerai mon temps libre là où il me plaira.

— Allons, allons, Miss Ballantyne. Me laisserez-vous finir ? sourit Ryan d'un air moqueur.

Jay, qui assistait à ce dialogue, fronçait les sourcils.

— Il a peut-être raison, intervint-il, alors. Il me sera vraiment difficile de t'emmener à Vicksburg, tous les matins de si bonne heure... cette solution me paraît beaucoup plus simple et puis, rien ne m'empêche de venir te chercher en fin de journée, puis de te ramener au motel dans la soirée.

— Voilà la voix de la raison, approuva Ryan. Naturellement, Hanna disposera de congés supplémentaires pour voir sa tante.

La jeune fille s'indigna d'être traitée de la sorte : on ne prenait même pas la peine de la consulter !

— Puisque vous avez décidé de ce qui me conviendra le mieux, siffla-t-elle, je vais me mettre au travail sans perdre un instant.

— Souvenez-vous : les blessures à la tête requièrent des soins immédiats, ironisa Ryan. Je préférerais aussi retenir votre chambre au plus tôt, les clients ne manquent pas à l'hôtel. Si vous voulez bien nous excuser, Jay...

— Oh, bien sûr !

Quand Hanna se retrouva seule avec Donalson, dans les appartements de ce dernier, la jeune fille se sentit étrangement tendue. Sans proférer un mot, son compagnon alla droit à la salle de bains.

Un incroyable désordre envahissait les lieux. Partout s'empilaient des livres, des revues et des documents, posés négligemment sur une table ou un fauteuil. Le lit n'avait pas encore été fait, et l'oreiller gardait l'empreinte de la tête de Ryan. Hanna le fixa un instant, imaginant le metteur en scène dans l'abandon du sommeil... Malgré elle, ses paupières se fermèrent...

— Hanna, êtes-vous souffrante ? demanda soudain Ryan.

Elle s'empressa d'ouvrir les yeux, mais demeura une seconde le souffle court, les pommettes rosissantes, avant de répliquer :

— Non... Je vais très bien.

Elle le rejoignit ensuite dans la salle de bains dont il avait laissé la porte ouverte. Il avait déjà préparé une lotion décongestionnante.

— Tout ceci est inutile, protesta-t-elle. Je n'ai presque rien !

Hanna avait surtout envie de quitter au plus vite cet espace confiné, afin d'apaiser les sensations déroutantes que la proximité de cet homme éveillait en elle. Il souleva doucement la mèche de cheveux acajou qui masquait la bosse de sa compagne. Celle-ci tourna légèrement la tête afin qu'il puisse l'examiner, et découvrit dans le miroir une vilaine marque rouge sur son front.

Il massa très délicatement l'endroit tuméfié tout en grommelant :

— Vous avez déjà interrompu le premier jour de tournage... Nous avons loué des caméras et engagé des figurants inutilement... J'ai pris la responsabilité de vous emmener avec toute l'équipe, afin d'économiser l'argent en modifiant le script sur place. J'espère ne pas avoir à le regretter. Nous ne pouvons pas nous permettre le luxe d'entretenir une scénariste malade.

— Mais enfin ! s'indigna Hanna. Je vous ai expliqué que nous avions eu une panne, et me suis excusée de mon retard. Qu'exigez-vous de plus ?

— J'ai sans doute commis une grave erreur en vous engageant.

— C'en est trop ! éclata-t-elle, hors d'elle. C'est vous qui avez insisté pour que j'accepte de venir ! Je savais bien que je ne pourrais pas travailler avec vous, même pour si peu de jours.

— Puisque nous n'avons pas commencé à collaborer, comment pouvez-vous en juger ?

Ryan allait appliquer à nouveau un peu de lotion sur sa bosse, quand Hanna, furieuse, le repoussa. Elle voulut sortir, mais étant donné l'exiguïté de la pièce, cela s'avérait impossible à moins que son compagnon ne daigne se pousser. Elle voulut faire un pas en arrière, mais elle perdit l'équilibre, et se raccrocha à l'aveuglette à l'objet le plus proche. Hélas, il s'agissait du rideau de douche ! Elle l'entraîna bien évidemment dans sa chute et s'étala de tout son long sur le carrelage. Stupéfaite par sa mésaventure, elle regarda Donalson bouche bée, en essayant de se relever. Peine perdue ! Au moindre geste, elle s'empêtrait davantage dans le rideau sans oser solliciter l'assistance de son compagnon.

Au lieu de se montrer utile il restait là, immobile, occupé à tenter de réprimer un fou rire. N'y tenant plus, il donna enfin libre cours à son hilarité. Désarçonnée par sa bonne humeur communicative, Hanna, sensible à l'humour de la situation, se joignit rapidement à sa gaieté. Quand il recouvra un peu son sérieux, il lui tendit la main.

Après l'avoir redressée, il l'attira brusquement contre lui. Le cœur battant, elle se laissa faire, incapable de réagir. Il la tint là, un instant, serrée dans ses bras puis il effleura lentement de ses lèvres le long cou de la jeune femme. De délicieux frissons la parcoururent tout entière. Malheureusement il rompit la magie du moment en remarquant d'une voix amusée :

— Je vous en prie, Hanna, ne me faites plus éprouver de telles frayeurs. Jessica ne me pardonnerait jamais de ne pas avoir su veiller sur vous.

Elle se raidit instantanément et s'écarta de lui. Il ne fallait pas se leurrer : Donalson ne se préoccupait que de Jessica.

— M'autorisez-vous à me mettre au travail, à présent ? s'enquit-elle d'un ton froid. Il est inutile de continuer à perdre un temps précieux.

Consciente d'avoir succombé au charme de Ryan, Hanna se maudissait intérieurement. La gorge serrée, elle tentait de recouvrer ses esprits. Quelle étrange folie l'avait poussée à s'abandonner à cet homme détestable ? Dieu merci, il ne s'était pas rendu compte de son émotion, et cela ne se reproduirait plus. Sans doute attribuait-il sa faiblesse au court désarroi provoqué par sa chute.

En retournant dans la chambre contiguë, elle aperçut une enveloppe posée sur la table de nuit de Ryan ; elle était adressée à Mme Jessica Kerby. Il n'avait donc pas cessé de penser à elle... Ce simple fait expliquait sans doute sa mauvaise humeur du matin.

Au cours des heures suivantes, Hanna ne disposa pas d'une seule minute : elle se plongea dans sa tâche avec frénésie. Elle oublia ses problèmes personnels tandis qu'elle rectifiait certains éléments du script original. Jamais elle n'aurait deviné que cette nouvelle fonction lui plairait à ce point. En peu de temps, elle s'avéra capable d'apporter d'elle-même les modifications nécessaires. Le metteur en scène n'eut bientôt plus besoin de les lui indiquer.

Entièrement séduite par ce nouvel univers, Hanna comprit peu à peu la signification d'allées et venues auparavant fort mystérieuses. Le chaos apparent de la mise en scène cachait en réalité une organisation parfaite. Elle partagea à plusieurs reprises l'impatience de Donalson. Il se montrait pointilleux, voire perfectionniste, et tenait à imposer son point de vue.

Lorsqu'elle retrouva Vicki, à l'heure du déjeuner,

Hanna s'étonna de la transformation de la costumière qui avait délaissé ses vêtements sophistiqués au profit d'un short rose et d'un tee-shirt blanc. L'approvisionnement étant assuré par des marchands ambulants, les deux jeunes filles prirent des sandwichs et des boissons gazeuses avant d'aller s'asseoir à l'ombre.

— Je suis émerveillée par le déroulement du tournage, avoua la nouvelle venue. Personnellement, j'aurais passé un temps fou à mettre tout cela sur pied.

— C'est le producteur qui s'en charge, avoua Vicki en riant. Il est venu ici en début de semaine pour tout planifier. Il a embauché les figurants, et obtenu les autorisations de filmer en extérieur.

— D'où viennent les uniformes de la guerre de Sécession ? interrogea son interlocutrice.

— Ils ont été loués. On ne s'en servira qu'aujourd'hui pour une seule scène.

Hanna n'avait jamais réfléchi aux problèmes techniques rencontrés par une équipe de télévision. A présent qu'elle était concernée par cette entreprise, elle voulait tout savoir. Sa compagne s'efforça de satisfaire sa curiosité, mais elle changea rapidement de sujet :

— Parlez-moi de ce superbe garçon qui vous accompagnait ce matin. Ce cher Ryan le fusillait du regard !

— C'est mon cousin, répondit-elle en riant.

Après lui avoir lancé un coup d'œil pensif, Vicki commenta :

— Ryan n'a pas l'habitude d'avoir des rivaux. Je crois que cela lui fera du bien.

— Que voulez-vous dire ?

— Vous ne le laissez pas indifférent... Ce n'est pas passé inaperçu.

« Je n'ai pourtant eu droit à aucun traitement de faveur », songea Hanna, les joues écarlates, agacée de savoir son nom lié à celui du metteur en scène.

— Je remplace Jessica, rien de plus ! protesta-t-elle. Je

vous garantis qu'il n'y a rien entre nous. Au reste, je m'en réjouis, car le comportement de cet homme m'irrite prodigieusement, ajouta-t-elle en exagérant délibérément son antipathie.

Vicki haussa les épaules.

— J'espère que vous dites vrai. Sinon, je risquerais de devenir atrocement jalouse...

Surprise, Hanna laissa échapper un petit rire nerveux.

— Je n'essaierais jamais de rivaliser avec vous, souligna-t-elle d'un air amusé.

Lorsque Ryan l'autorisa enfin à partir, Hanna rejoignit Jay qui l'attendait depuis un moment, fasciné par l'activité de l'équipe de télévision. Extrêmement fatiguée par sa première journée de travail, elle regretta de ne pouvoir se reposer un moment avant de prendre la route de Port Gibson.

Durant le trajet, son cousin bavarda à bâtons rompus. Peu attentive à ses propos anodins, Hanna les ponctuait brièvement de quelques réponses distraites. Elle se sentait nerveuse. Consciente des regards que le jeune homme lui jetait à la dérobée, elle esquissa un sourire au souvenir des allusions de Vicki.

Conformément aux prévisions de la jeune fille, Rachel fut extrêmement déçue en apprenant que sa nièce résiderait au motel.

— J'aimerais dire deux mots à ce M. Donalson, commenta-t-elle d'une voix acide, avant de reconnaître le bien-fondé de ces nouvelles dispositions. J'espère qu'il t'autorisera au moins à rentrer en Angleterre un peu plus tard : tu pourras ainsi résider chez nous quelques jours.

— Merci, tante Rachel, j'en serais ravie.

Hanna ne comptait pas trop sur une prolongation de son séjour : étant déjà partie sans l'autorisation de Jessica, elle devrait certainement revenir en même temps que les autres. Cependant, rien ne l'empêchait, si

Mme Caldwell ne s'y opposait pas, de regagner le Missis-sippi à la fin de l'été.

— Jay a sûrement poussé un soupir de soulagement, intervint Leigh. Il ne sera plus obligé de se lever à des heures indues.

— Cela ne lui déplaisait pas du tout, riposta vivement sa mère.

— Il ferait n'importe quoi pour faire bonne impres-sion à une jolie fille, excepté de se réveiller aux aurores, insista le cadet avec un rire étouffé. Décidément, Hanna, je crois que tu l'as entièrement conquis !

— Pourquoi riez-vous ? demanda Jay, en sortant de la cuisine.

— Ton frère est jaloux, plaisanta sa mère. Il allait proposer à Hanna de l'accompagner lui-même à Vicks-burg tous les matins.

— Oh, mais pas du tout ! protesta Leigh, au milieu d'un éclat de rire général.

— Quoi qu'il en soit, ce privilège me revenait, affirma l'aîné en glissant un bras autour de la taille de sa cousine.

Touchée par sa gentillesse, Hanna n'eut pas le cœur de s'insurger contre ce geste plein de tendresse.

Hanna ne travaillait pas le lendemain, un dimanche. Jay l'emmena au bord du fleuve après le déjeuner. Ils prirent place dans un bateau qui remontait le Mississippi. Assis à l'avant, ils profitèrent pleinement du paysage. Jay avait prévenu sa cousine : le temps des romantiques navires à aubes était bien fini. Il fallait se contenter de naviguer au moteur, à présent. Hanna s'en souciait fort peu, du moment qu'ils se promenaient sur la rivière. Avant de franchir la passerelle, elle avait laissé traîner sa main dans l'eau, au grand amusement du jeune Caldwell.

— Ce n'est qu'un fleuve comme les autres, avait-il remarqué gaiement. Un peu plus boueux, peut-être…

— Oh, non ! Même son nom évoque une atmosphère magique !

— Tu as trop d'imagination. D'après un proverbe local, le Mississippi est trop épais pour qu'on puisse le boire, et trop fluide pour le labourer ! Une telle définition cadre mal avec ta description, l'avait-il taquinée.

Peu à peu la nuit tomba sur l'eau, bientôt éclairée par les rayons argentés de la lune. Le spectacle enchantait Hanna. Accoudée au bastingage, elle s'absorba entièrement dans la contemplation de l'onde miroitante. Çà et là se détachaient des îlots sombres couverts d'une végétation exubérante.

Les autres passagers s'étaient déjà réfugiés à l'intérieur. La rive, bordée d'un rideau d'arbres ininterrompu, défilait sous les yeux émerveillés de la jeune fille. Une douce brise faisait doucement clapoter l'eau. D'abord gênée par la musique diffusée en sourdine par les haut-parleurs, Hanna fut subitement touchée par les accords d'une mélodie ancienne.

— Quelle vision splendide, Jay ! Je te remercie de m'avoir fait profiter d'un tel spectacle.

Lorsque le bateau fit demi-tour, le vent avait forci. Les jeunes gens se dirigèrent alors vers le pont couvert. Jay prit sa compagne par le bras, puis s'arrêta avant d'arriver à la hauteur des gens assemblés près du bar.

— Tu es ravissante, Hanna, déclara-t-il. Tu ressembles à cette belle sirène qui séduisait tous les hommes, je ne sais plus son nom...

— Si tu fais allusion à la Lorelei, elle entraînait ces malheureux à leur perte ! lança Hanna en riant. J'espère ne jamais en arriver là.

Il pivota pour lui faire face et l'étreignit brusquement avec une fougue toute juvénile.

— Je t'en prie, ne plaisante pas. Je parle sérieusement : je suis amoureux de toi.

Il pencha la tête vers elle, et elle ne put éviter son baiser. Elle fit un effort pour se dégager, décidée à expliquer à Jay, aussi gentiment que possible, qu'elle n'éprouvait pas les mêmes sentiments pour lui. A cet instant précis, quelqu'un les bouscula et les sépara.

— Vous gênez le passage, signala sèchement le passager.

A sa grande confusion, la jeune fille reconnut aussitôt la voix grave et distinguée de Ryan Donalson. Comment ! Il était donc sur le même bateau. Les avait-il aperçus auparavant ?... Heureusement, il ne s'attarda pas, et continua son chemin d'un pas vif. Hanna le regarda s'éloigner sur le pont. Son cœur se serra à la pensée qu'il avait délibérément négligé de la saluer.

— Hanna ? appela tendrement Jay.

— Je t'en prie, oublie ce qui s'est passé. J'aimerais que nous restions simplement bons amis, répondit-elle un peu froidement si bien que le jeune homme n'insista pas.

Elle reporta son attention sur Ryan. Il portait deux verres remplis d'une boisson orangée. Il en tendit un à une jeune femme vêtue d'un pantalon rose indien et d'un chemisier assorti. Lorsqu'elle rejeta en arrière ses cheveux blonds, elle révéla son visage : il s'agissait de Vicki Lander !

Durant quelques secondes, Hanna ferma les yeux comme pour chasser l'image de ce couple, puis elle leur tourna résolument le dos, s'efforçant de prêter toute son attention aux propos de son cousin.

7

Le lendemain matin, Hanna alla s'asseoir à la table du petit déjeuner. Intriguée par l'absence de Ryan et Vicki, elle s'appliqua à ne pas regarder en direction de la porte : elle ne voulait surtout pas les voir arriver ensemble.

Elle se sentait incapable de soutenir la moindre conversation, aussi ne se joignit-elle pas, comme la veille, au groupe des scriptes. Elle se contenta de grignoter un toast du bout des lèvres, et d'avaler une tasse de café. Le temps s'était brusquement dégradé pendant la nuit. A présent, la pluie tombait à flots, et le ciel plombé ne laissait guère présager d'éclaircie.

Elle essayait de se convaincre que sa tristesse était due au comportement de Jay. Il avait gâché leur soirée par son acharnement à tenter malgré tout de la séduire. Les efforts de la jeune fille pour lui prouver qu'il n'était pas amoureux d'elle, étaient restés vains et elle n'avait pas réussi pour autant à calmer son ardeur. Elle était cependant parvenue à éviter un nouveau baiser lorsqu'il l'avait déposée devant la porte du motel.

— Je ne te comprends pas, avait déclaré le jeune homme. Hier, je t'embrassais et aujourd'hui tu prétends que c'était par simple affection de ta part. Ce n'est pas un engouement d'adolescent qui me pousse vers toi. Je t'aime vraiment, Hanna.

Prise de remords, Hanna regrettait profondément à présent d'avoir été prise au sérieux par Jay. Elle répugnait à lui faire de la peine, mais il se remettrait vite après son départ pour l'Angleterre. D'ici là, la jeune fille se promettait de bannir toute ambiguïté de leurs relations.

Finalement, elle en vint à admettre que son malaise ne provenait pas des déclarations enflammées de son cousin ; en réalité, Hanna craignait de croiser le regard moqueur de Ryan. Il ne manquerait pas de repenser à la scène qu'il avait surprise sur le bateau et c'était bien là ce que la jeune fille redoutait. D'autre part, se retrouver en face d'une Vicki triomphante d'avoir séduit le metteur en scène ne lui souriait guère...

Hanna était déprimée. Malgré les compliments de Jay, elle était convaincue qu'elle ne possédait pas le charme dévastateur de la costumière ; elle en venait presque à lui envier son élégance et sa démarche provocante.

Tout à fait étonnée par ses propres réactions, elle fronça soudain les sourcils avec inquiétude : ses sentiments étaient-ils inspirés par la jalousie ? Quelle absurdité ! Pourquoi envierait-elle brusquement Vicki de recevoir les hommages de Ryan ? Après tout, elle s'en moquait éperdument, cette affaire ne la concernait pas.

L'interrompant dans ses sombres pensées, Bill Hickly lui annonça que le tournage serait retardé ce matin en raison du mauvais temps, et elle se rendit dans sa chambre. Elle tenta vainement de travailler à un compte rendu destiné à Jessica. Mieux valait sortir, et elle s'y décida après avoir enfilé son imperméable.

Un taxi la déposa dans le centre de la ville. Au bout d'une heure, Hanna avait acheté un pantalon en toile blanche, une ample chemise qu'elle porterait avec une ceinture en cuir rouge, des sandales à hauts talons, et un chapeau à bords larges pour se protéger du soleil. Ces acquisitions eurent l'heureux effet d'améliorer son humeur. Lorsqu'elle quitta la dernière boutique, la pluie avait cessé. La chaleur devenait étouffante ; une légère vapeur montait du bitume. Ses paquets à la main, elle cherchait des yeux un taxi, quand une voiture s'arrêta brusquement à sa hauteur.

— Qui vous a donné la permission d'aller faire des courses ? questionna Ryan d'une voix courroucée, sans sortir de son véhicule.

— Bill Hickly nous a donné quartier libre tant qu'il pleuvait.

— *Votre* travail ne dépend pas du temps. J'ai besoin de vous pour mettre des dossiers à jour.

— Je ne suis *pas* votre secrétaire, lui rappela sèchement son interlocutrice, furieuse de constater que même une brève escapade lui était refusée.

Donalson arborait un air menaçant. Elle obéit à son injonction à contrecœur et monta à ses côtés. Au lieu de prendre le chemin du motel, il se dirigea vers le Parc National.

— Pourquoi ne m'avez-vous pas attendu, ce matin ? demanda-t-il.

— Je vous croyais encore avec Vicki, observa Hanna.

Elle se repentit aussitôt d'avoir osé faire cette allusion d'un ton accusateur et lourd de sous-entendus. Elle retint son souffle en prévision du commentaire de Ryan, mais celui-ci demeura silencieux.

Lorsqu'ils pénétrèrent dans le parc, la foule des visiteurs en avait été chassée par la pluie. Après avoir roulé un moment, son compagnon gara enfin la voiture au pied d'une colline. Il ouvrit sa portière et invita Hanna à l'imiter. Elle lui emboîta le pas. Il commença à évoquer certains épisodes de la guerre qui s'était déroulée là. Il parlait d'une voix lointaine, comme s'il mesurait la gravité des événements historiques. Il se montrait bien différent de l'insouciant Jay.

— Ici, je ressens toute l'horreur de la bataille, expliqua-t-il. Jessica la traduit parfaitement dans son script, mais elle en a oublié l'aspect tragique. J'aimerais réussir à le rendre.

Ryan ferma les yeux une seconde, puis les rouvrit et s'immobilisa en fixant Hanna.

— Comprenez-vous cette différence, Hanna ?

— Oui, répondit-elle sans hésitation. Vos propos me font penser à la scène où le frère de Margaret est blessé...

La jeune fille se remémora l'intrigue des *Quarante-sept jours*. Margaret n'était qu'un personnage secondaire, mais elle s'était conduite de manière héroïque. Elle aimait en secret un soldat de l'armée ennemie.

— Continuez, l'encouragea Ryan, devenu extrêmement attentif.

— Puisque le frère et l'amoureux de Margaret se connaissent très bien, pourquoi ne discuteraient-ils pas ensemble, à la veille de la bataille ? Les lignes des adversaires sont suffisamment rapprochées pour qu'une telle rencontre soit possible...

— J'imagine très bien cette séquence, l'interrompit-il avec enthousiasme. Tous deux rient et bavardent, comme si la fraternisation avait gagné le front.

— Non. Cela doit se passer la nuit, lorsque tout est silencieux, alors qu'ils ont été envoyés en éclaireurs.

— Vous avez raison, admit Ryan. Vous saisissez très vite et nos sensibilités me semblent assez proches... Je ne parviens pas toujours à faire partager mes idées à Jessica... Je voudrais que vous écriviez quelques lignes sur ce thème. Vous en sentez-vous capable ?

— Cela me passionnerait, reconnut Hanna.

Debout près de Donalson, elle se sentait extrêmement émue par la complicité qui s'était instaurée entre eux. D'une main tremblante, elle rajusta son chapeau, un peu incliné vers l'avant.

— Ce chapeau vous va très bien, nota subitement son compagnon avec un large sourire.

Ce compliment la fit rougir de plaisir.

De retour à la Buick, Ryan décida de poursuivre la promenade. Il se dirigea vers la berge du fleuve où il s'arrêta. Appuyé nonchalamment sur le volant, il se tut pendant un instant avant de regarder la jeune fille avec des yeux pétillants de malice. Mal à l'aise, cette dernière s'empressa de lancer une remarque anodine :

— Venez-vous souvent admirer la vue ?

— Non, rétorqua-t-il en la scrutant intensément. J'ai pensé que vous apprécieriez ce panorama, puisque hier soir vous n'avez guère eu l'occasion d'en profiter.

Hanna se mordit les lèvres et se mit à chercher désespérément une réplique bien sentie. Et puis elle retrouva instantanément son sang-froid en se rappelant qu'elle n'avait pas de compte à rendre à cet homme suffisant :

— J'ai passé une soirée merveilleuse, et j'ai longuement admiré le Mississippi. Vous en avez sans doute fait autant ?

— Certes, mais la promenade devient rapidement monotone.

— Je ne m'en suis pas lassée.

— Cela ne m'étonne pas, ironisa Ryan.

Exaspérée par son ton cynique, Hanna lança d'une voix rageuse :

— Si vous faites allusion à Jay, dites-le simplement au lieu de faire des sous-entendus insidieux ! J'apprécie beaucoup mon cousin, et je n'ai rien à cacher !

— Libre à vous d'agir à votre guise... mais gardez-vous de toute insinuation sur mes relations avec Vicki Lander. Elles ne vous concernent en aucune façon.

Malgré son intime conviction de n'avoir pas le droit d'émettre de telles critiques, la jeune fille ne parvint pas à s'en empêcher.

— Je me moque de vos manigances pour oublier Jessica... mais je ne veux pas en subir les conséquences !

— Ne mêlez pas Jessica à cette histoire, lui conseilla-t-il d'une voix coupante.

Il tourna la clé de contact, et redémarra aussitôt. L'expression rébarbative de son compagnon incita Hanna à se taire pour ne pas envenimer leur querelle.

A présent, le soleil avait reparu, tachetant d'or la nappe liquide du fleuve, remonté par un convoi de péniches. Frappé par la beauté de ce spectacle, Ryan freina pour s'arrêter sur le bas-côté de la route.

— C'est fantastique, remarqua-t-il. Si seulement je pouvais traduire le caractère unique de ce genre de scène à l'écran... Et si je n'y parviens pas, qui le pourrait ?

Surprise par le brusque changement de ton de Donalson, la jeune fille ne comprit pas immédiatement la signification de sa remarque, puis elle éclata de rire.

— Je vous savais vaniteux, mais l'étendue de votre orgueil dépasse l'imagination !

Grâce à cet épisode, le retour fut un peu moins tendu. Cependant, un certain malaise persistait. Hanna soupira : pourquoi se heurtaient-ils ainsi sans cesse ? Assise très droite sur son siège, elle avait pris la pose d'une princesse outragée, sans y prendre garde. Comme elle fixait la route, elle ne vit pas l'expression secrètement amusée de Ryan.

Il la déposa devant l'entrée du motel.

— C'est l'heure du déjeuner, indiqua-t-il. Nous retournerons sur les lieux de tournage cet après-midi. Je compte sur votre présence, car j'aurais peut-être besoin de vous. Bill Hickly pourra certainement vous conduire. Oh, j'allais oublier : nous visionnerons ce soir la scène tournée avant-hier.

Debout sur le trottoir, Hanna avait écouté ces instructions d'une oreille distraite. Elle allait s'éloigner lorsqu'elle comprit la signification de la dernière phrase.

— Ce soir ? reprit-elle.

— Oui. Nous avons loué un petit studio où je projetterai les premières bobines du film.

— Vous auriez pu me prévenir plus tôt, protesta-t-elle. Jay devait passer me chercher pour aller à Port-Gibson.

— Je suis désolé, remarqua négligemment Ryan. Il vous suffira de le contacter pour vous décommander.

Il se mit en route sans rien ajouter. Sans doute s'empressait-il de rejoindre Vicki, dans l'un des multiples restaurants de Vicksburg... Si seulement ce déjeuner pouvait le rendre d'humeur un peu plus égale...

La rage au cœur de devoir ainsi annuler ses projets, Hanna dut tenter de se calmer en allant prendre un léger repas. Mais elle n'avait pas faim. Elle mit cette absence d'appétit sur le compte de la chaleur et ne réussit à avaler qu'un sandwich accompagné d'un verre d'eau minérale. Après cette sommaire collation, la jeune fille monta dans sa chambre. Elle appela chez sa tante, mais tout le monde était apparemment sorti. Elle décida donc d'essayer ses nouveaux vêtements. Habillée de son pantalon blanc et d'un tee-shirt à rayures blanches et rouges, elle étudia longuement sa fine silhouette dans la glace. Satisfaite de sa tenue, elle la compléta par sa paire de sandales carmin, avant de coiffer ses longs cheveux auburn et de les nouer en catogan.

De retour sur les lieux du tournage, elle n'eut pas l'occasion de parler à Ryan, trop absorbé par la mise en scène. Quant à Vicki, elle s'était apparemment absentée pour l'après-midi. Ces quelques heures s'écoulèrent d'une manière pesante et ennuyeuse. Hanna fut un peu rassérénée lorsque chacun commença à ranger le matériel, avec la satisfaction du travail bien accompli. Elle attendit avec impatience que le petit groupe prenne le chemin du retour.

Une fois au motel, elle tenta immédiatement de joindre Jay au collège, mais son cousin avait dû être libéré plus tôt qu'à l'accoutumée car on lui répondit qu'il était déjà parti. Hanna était embarrassée : Jay risquait de croire qu'elle l'avait évité à dessein. Elle décida d'appeler au domicile de Rachel.

— Je suis désolée, s'excusa-t-elle, en expliquant la situation.

Emue d'entendre la voix affectueuse de sa tante, la jeune fille s'apitoya brusquement sur son propre sort. Les larmes aux yeux, elle avoua :

— Je suis très déçue. J'espérais pouvoir te consacrer la majeure partie de mon temps, et c'est à peine si je t'ai vue !

— Allons, ne te désole pas, ma chérie, lui dit doucement Mme Caldwell. Nous rattraperons le temps perdu plus tard. A mon avis, ce Donalson vous traite comme des esclaves. Tu devrais l'inviter à la maison pour que je lui exprime ma façon de penser !

Hanna éclata de rire en imaginant la scène : Rachel parviendrait-elle à intimider l'arrogant metteur en scène ?

— J'espère qu'il ne t'empêchera pas d'accompagner Jay au bal de fin d'année, reprit la vieille dame avec plus de sérieux. Il serait horriblement désappointé si tu ne venais pas.

— C'est demain soir, n'est-ce pas ? Il n'est pas question que je lui fasse faux bond.

Lorsque Hanna passa prendre sa clé à la réception, on lui remit un petit mot de Ryan. Il précisait qu'il viendrait la chercher à huit heures.

La jeune fille ne se changea pas pour le dîner. Elle le prit en compagnie des autres membres de l'équipe.

A l'heure dite, elle attendait dans le hall, sa veste blanche sur les épaules. Dix minutes plus tard, Ryan arriva avec Vicki.

— Je suis en retard, Hanna. Excusez-moi. Vous auriez pu partir avec Bill et les autres.

— Votre mot spécifiait que vous passeriez me prendre, lui rappela-t-elle.

— C'est exact. Eh bien, allons-y.

Il se tourna vers Vicki, debout derrière lui, et s'adressa à elle d'une voix radoucie :

— Merci pour tout. Vous avez été merveilleuse. Je vous verrai demain matin.

— Je vous remercie également. Ne vous surmenez pas trop, Ryan. Veillez à ce qu'il n'exagère pas, voulez-vous, Hanna ?

Celle-ci s'efforça de ne rien laisser paraître de son irritation et s'empressa de monter dans la Buick. A l'intérieur se trouvaient déjà les deux acteurs les plus importants de la production. Pendant le voyage jusqu'au studio, ils s'adressèrent exclusivement au metteur en scène. Hanna apprécia de ne pas être obligée de se mêler à la conversation.

Le parking du studio avait été raviné par la pluie. Ryan gara adroitement sa voiture, puis sortit en premier. La jeune fille enfila sa veste puis ouvrit la portière. Les deux autres s'étaient déjà éclipsés, tandis que le metteur en scène l'avait attendue.

— Faites attention aux flaques d'eau, prévint-il.

En posant le pied par terre, Hanna perdit une de ses sandales. Son compagnon se pencha instantanément pour la ramasser, tandis qu'elle restait assise sur son siège.

— Bien que je ne sois pas votre Prince Charmant, et que votre toilette ne rappelle guère celle de Cendrillon, laissez-moi vous mettre cette pantoufle de vair, déclara-t-il avec un large sourire.

Accroupi devant Hanna, il saisit délicatement son pied, puis le caressa doucement tout en ajustant la sandale. Leurs regards se croisèrent. Hypnotisée par les yeux noirs de Ryan, elle s'abîma quelques secondes dans ce dialogue muet.

— Elle vous va parfaitement, murmura-t-il.

Troublée, Hanna se leva avec une certaine précipitation.

Arrivée dans l'ombre protectrice du studio, elle s'installa aussitôt et tenta de s'absorber dans la projection des bouts d'essai qui commença peu après. Sans doute influencée par son admiration par le metteur en scène, elle n'y découvrit par le moindre défaut. Où était donc son esprit critique ?

Assise devant Ryan, Hanna n'osait pas tourner la tête, de peur de dévoiler son émoi. Un seul regard de cet homme produisait sur ses sens un effet dévastateur. Pour la première fois de sa vie, elle s'avérait impuissante à contrôler ses émotions. Elle n'ignorait plus qu'il exerçait sur elle un attrait irrésistible, et que toute lutte s'avérait inutile désormais. Pourtant, elle était persuadée de ne pas l'aimer. Cette constatation l'épouvanta : s'agissait-il alors d'une simple attirance physique, dépourvue de tout sentiment ?

Elle s'était crue à l'abri de ce magnétisme auquel succombaient toutes les autres, mais elle s'était trompée... Un seul mot, un seul geste de Ryan avait le pouvoir de la laisser chancelante, le cœur chaviré... Mais elle devait se reprendre et se garder de s'abandonner à ce don Juan très séduisant, certes, mais d'une arrogance et d'un cynisme insupportables. Elle n'était pas Vicki, elle !

Elle en était là de ses réflexions lorsqu'elle remarqua soudain que le metteur en scène l'observait. Hanna tressaillit, puis tourna vivement la tête. Elle eut le temps cependant, de surprendre un sourire naissant sur ses lèvres, comme s'il devinait ses pensées secrètes...

Jay attendait au motel depuis le début de la soirée, la mine assombrie et les sourcils froncés. Soulagée de le voir après les heures pénibles passées au studio, sa cousine se hâta vers lui.

— Aurait-on oublié de te prévenir, Jay ? J'ai téléphoné au collège et à ta mère.

— Non, on m'a transmis ton message. Je suis simplement venu me renseigner. Pourquoi es-tu occupée également dans la soirée, à présent ? demanda-t-il avec l'air boudeur d'un enfant.

— Ce sont les exigences de mon travail, expliqua-t-elle d'un ton conciliant. Mais ne t'inquiète pas, je te consacrerai ma soirée de demain.

Le visage du jeune homme s'éclaira.

— Je compte sur toi. Nous passerons un moment extraordinaire, assura-t-il avec enjouement.

Hanna ne partageait guère l'enthousiasme de Jay, mais pour ne pas le vexer, elle prétendit :

— Je suis impatiente d'aller danser.

— N'oublie pas de prévenir ton patron que tu as un rendez-vous important.

— Pourquoi ne pas me l'apprendre vous-même ? interrogea Ryan qui s'était approché.

Un long silence s'ensuivit. Hanna n'avait pas vu arriver le metteur en scène. Le cœur battant, elle étudia son visage impénétrable. Il arborait une expression autoritaire destinée à intimider ses interlocuteurs. La jeune fille craignit que son cousin n'en soit impressionné, mais ce dernier la rassura en déclarant :

— J'ai invité Hanna à la fête de fin d'année de mon collège, demain soir, précisa-t-il sans se troubler. Je vous serais reconnaissant de ne pas lui infliger des heures de travail supplémentaires en fin d'après-midi.

Ryan ne montra aucun signe d'agacement. Il réfléchit un instant avant de répondre :

— Cela ne pose aucun problème. Vous pouvez raccompagner Hanna à Port-Gibson immédiatement : je lui accorde des vacances jusqu'à après-demain matin.

Il s'éloignait déjà lorsqu'il s'arrêta pour ajouter :

— Si vous avez le temps, Hanna, écrivez la scène dont nous avons parlée.

Les deux jeunes gens le fixèrent d'un air surpris sans

faire aucun commentaire. Après son départ, le pétulant Jay enlaça Hanna, et se mit à tournoyer en criant :

— Merveilleux ! Nous ne nous séparerons pas pendant les prochaines vingt-quatre heures !

Sa cousine se hâta de se dégager, gênée par les regards curieux des clients. En outre, elle contenait mal sa rage d'avoir été traîtée avec tant de désinvolture par Ryan Donalson. Il s'était débarrassé d'elle comme s'il avait déplacé un pion sur un échiquier !

— Je monte dans ma chambre pour prendre quelques affaires, annonça-t-elle d'un ton froid. Attends-moi ici.

Au lieu de se réjouir de ces vacances inespérées, Hanna se sentait effondrée. La perspective de rester si longtemps loin de Ryan, lui devint tout à coup insupportable. A présent qu'il l'avait écartée avec tant d'indifférence, elle n'avait plus du tout envie de le fuir...

8

Le jour suivant, les trois Caldwell emmenèrent leur parente visiter Natchez. La ville conservait des traces de la domination espagnole et Hanna médita un long moment au milieu des ruines mélancoliques. Jay la tira de sa rêverie en insistant pour rentrer à Port Gibson : il ne voulait pas arriver en retard au bal.

— Je vais faire des envieux en pénétrant dans la salle à ton bras, souligna-t-il avec bonne humeur.

Le jeune homme n'avait pourtant pas prévu que sa cousine aurait un tel succès. Son arrivée fit sensation. Dès qu'il eut présenté Hanna à ses amis, Jay ne fut plus maître de la situation. Elle n'avait jamais été autant entourée. Chacun lui réclamait le privilège d'une danse. A la fin de la soirée, elle parvint enfin à échapper à ses chevaliers servants assidus pour accorder une valse au pauvre Jay.

— C'était merveilleux, déclara-t-elle. Je ne crois pas m'être autant amusée depuis longtemps.

— Cela n'a pas du tout été le cas pour moi, se plaignit son cousin. Heureusement, c'est à moi que revient l'honneur de te raccompagner à la maison. Les autres en meurent de jalousie !

Hanna éclata de rire en révélant la blancheur nacrée de ses dents. Son cousin resserra son étreinte, et l'embrassa sur le front. Elle ne fut nullement émue par ce geste, et s'étonna secrètement : pourquoi ressentait-elle un tel trouble quand Ryan l'effleurait, alors que Jay la laissait tellement indifférente ?

Le lendemain matin, Rachel étudia sa nièce d'un air soucieux en remarquant :

— Tu es préoccupée, ma chérie. Ton visage s'est assombri depuis le jour de ton arrivée. Aurais-tu quelque chose à me reprocher ?

— Oh, tante Rachel, bien sûr que non !

Hanna courut se blottir dans les bras de la vieille dame compatissante tout en s'efforçant de refouler ses larmes.

— Au contraire, je préfèrerais rester ici, avoua-t-elle d'une vois rauque. Je n'ai pas envie de retourner à Vicksburg.

— N'as-tu pas tendance à te surmener ? Je sais que tu as veillé tard avant-hier soir pour écrire une scène du film : j'ai vu la lumière dans ta chambre.

— Non, il ne s'agit pas de cela. Je ne sais pas pourquoi je me sens triste.

Rachel caressa gentiment les cheveux d'Hanna.

— Ce n'est pas difficile de le deviner, répliqua-t-elle avec perspicacité. Jay m'a parlé de ton patron comme d'un homme peu commode. Or, tu ignores quelle attitude adopter avec lui, n'est-ce pas ? Vois-tu, ton oncle Jake lui ressemblait un peu, et il me déconcertait beaucoup, au début.

— Mais je n'apprécie pas du tout Ryan Donalson ! protesta la jeune femme en s'écartant de sa tante.

— Moi aussi, de prime abord, j'ai détesté ton oncle.

Devant l'expression pleine de désarroi de sa nièce, la vieille dame laissa échapper un petit rire, avant d'ajouter :

— Allons, ma chérie, ces choses-là finissent toujours par s'arranger.

— Je ne crois pas : il me considère comme la secrétaire

96

de Jessica et se croit chargé de me surveiller et de me donner des ordres à sa place.

— Vraiment ?...

— Il me traite comme une simple employée et n'a d'yeux que pour Vicki Lander. Au reste, je me moque de cet homme, contrairement à ce que tu imagines...

Consciente de n'être pas très claire, Hanna s'interrompit.

— Puisque tu me l'affirmes... commenta Rachel, une lueur amusée dans les yeux. Par ailleurs, j'ai constaté que tu ne répondais pas avec une grande précipitation à l'affection que Jay te porte...

— Je suis navrée, tante Rachel. Je ne voudrais surtout pas lui faire de peine.

— Il n'est pas encore très adulte, ma chérie, et bien trop enfant pour s'engager définitivement... Il se remettra rapidement de sa déception, rassure-toi.

La vieille dame se leva avec difficulté, et enchaîna :

— Donne-moi le bras, nous allons nous promener au jardin avant la canicule.

Touchée par l'exquise délicatesse de sa tante, Hanna s'écria :

— Tu es merveilleuse ! Comme je regrette que nous habitions si loin l'une de l'autre !

De retour à Vicksburg, la jeune fille alla droit à sa chambre d'hôtel. Elle était bien résolue à ne plus se laisser troubler par Ryan. A sa grande surprise, Vicki déjeuna avec les autres membres de l'équipe. Sans doute l'arrivée du producteur venu superviser le travail accompli, avait-elle empêché Ryan de consacrer ses loisirs à sa nouvelle conquête. Donalson ne devait pas disposer d'une seule minute de liberté.

Comme le tournage était suspendu pendant la visite du producteur, Hanna s'employa à dactylographier la courte scène qu'elle avait rédigée. Elle avait pris grand plaisir à décrire la rencontre des deux amis, la nuit, alors que le bruit du canon venait de s'éteindre... Sa tâche achevée, elle descendit au rez-de-chaussée.

En la voyant seule dans le hall du motel, Bill Hickly lui proposa gentiment :

— Je vais au Parc National afin de vérifier deux ou trois détails pour demain. Voulez-vous venir avec moi ?

Hanna aimait bien l'assistant, au visage ouvert et sympathique.

— Volontiers, accepta-t-elle spontanément.

Une fois dans le parc, Bill expliqua à la jeune fille certains aspects de la mise en scène, l'utilité des marques blanches sur le sol, le rôle respectif des différents techniciens... Il s'exprimait avec beaucoup d'humour, et Hanna appréciait énormément sa compagnie. Il lui permit de chasser un peu ses idées noires. Tout à coup, à propos d'une séquence déjà filmée, il reconnut :

— Sans Vicki, nous aurions été obligés d'attendre une semaine pour l'achever.

Etonnée, Hanna demanda des précisions sur cette anecdote.

— Comment ! Vous ignorez tout de cette affaire ! s'exclama son interlocuteur. Eh bien voici... Un matin, au petit déjeuner, Ryan a ouvert son courrier devant moi. Une des lettres l'informait que les costumes ne seraient pas livrés à temps. Il a bondi vers le téléphone intérieur pour communiquer aussitôt cette nouvelle à Miss Lander. Celle-ci a proposé de se rendre elle-même à la Nouvelle-Orléans pour s'occuper d'en louer. Ryan lui a réservé une place d'avion à la dernière minute et l'a accompagnée à l'aéroport de Jackson. Le soir même, elle était de retour parmi nous. Cette intervention énergique nous a sauvés d'une catastrophe.

Bille continua son récit, mais Hanna ne l'écoutait plus. Rougissante de confusion, elle se reprochait ses déductions hâtives. Les oreilles bourdonnantes, elle songea qu'elle s'était ridiculisée auprès de Ryan en l'accusant

98

presque ouvertement d'une liaison avec Vicki alors qu'ils n'étaient pas ensemble ce jour-là... Elle lui devait des excuses. Hélas, cela s'avéra impossible au cours de la matinée suivante. La jeune fille avait l'impression que le metteur en scène l'évitait. Visiblement d'humeur exécrable, il lançait sèchement ses instructions à son équipe, comme lors du tournage aux studios Beauman, à Londres. A cette époque-là, Hanna espérait qu'elle ne le rencontrerait plus jamais... Les choses avaient bien changé depuis ! Elle devait absolument se ressaisir : pourquoi s'imaginait-elle aimer un homme dont le caractère l'exaspérait ?

Elle demeura éveillée une bonne partie de la nuit, à s'interroger sur la véritable personnalité du metteur en scène. Sous ses dehors arrogants, on devinait de véritables qualités de cœur ; Hanna les avait perçues à deux ou trois reprises...

Elle finit par sombrer dans un sommeil sans rêves, et se réveilla à l'aube. Oppressée par la chaleur de sa chambre, elle enfila fébrilement son maillot de bain afin d'aller se rafraîchir dans la piscine. Personne n'était encore levé lorsqu'elle plongea dans l'eau azurée. Après plusieurs longueurs de bassin, Hanna avait retrouvé son tonus. Grâce à cet exercice, elle se détendit rapidement et se laissa flotter à la surface qui étincelait sous les premiers rayons de soleil.

Les paupières closes, elle dériva près du bord de la piscine. Soudain, elle entendit un bruit d'éclaboussures et se sentit presque aussitôt saisie par la taille. Affolée, elle lutta pour se dégager tout en hurlant :

— Lâchez-moi !

L'homme la lâcha immédiatement. Elle agrippa alors le rebord du bassin, ouvrit les yeux, et découvrit Ryan, dans l'eau à côté d'elle !...

— Quelle stupide plaisanterie ! s'indigna-t-elle, encore pâle de frayeur. Vous m'avez fait une peur !

— Pardonnez-moi, s'excusa-t-il avec un demi-sourire. Je vous ai vue immobile, les paupières closes... j'ai cru que vous aviez été prise d'un malaise. Saisi de panique, j'ai agi sans réfléchir.

La jeune fille tremblait sous l'effet conjugué de la peur et de la proximité de Ryan. Sans le quitter des yeux, il s'approcha d'elle et elle eut le temps de sentir la caresse de sa peau sur le sienne... Effrayée de reconnaître ce doux frisson le long de son dos, elle ne lui laissa pas le temps de l'enlacer ; elle grimpa en toute hâte sur l'échelle et sortie de l'eau. Ryan la suivit tranquillement. Il riait à présent de son embarras.

— Tiens ? Vous voilà plus gai qu'hier ! lança-t-elle pour tromper sa nervosité.

— Me suis-je montré si désagréable ? demanda-t-il d'un air franchement surpris.

— A vrai dire, je me suis félicitée de ne pas avoir eu affaire à vous.

— Oh, Hanna !

Exaspérée de le voir se moquer d'elle une fois de plus, elle plongea soudain dans l'eau et s'éloigna dans un crawl parfait. Un coup d'œil derrière elle lui apprit qu'il la suivait : elle accéléra aussitôt et leur baignade se transforma en jeu. Elle nageait vite, mais Ryan ne tarda pas à la rejoindre.

Il la saisit par la cheville, et la fit couler. Elle se débattit en riant malgré elle et un combat inégal s'engagea, ponctuée de belles éclaboussures. Alors qu'il essayait de la prendre par les épaules, il tira par mégarde sur les bretelles de son maillot. Il ne cacha pas son amusement lorsqu'elles se défirent. Honteuse et furieuse à nouveau, la jeune fille cria :

— Laissez-moi ! Vous êtes odieux !

Ryan lui maintenait un instant les poignets, tandis qu'elle lui donnait des coups de pied, bien peu efficaces sous l'eau. Enfin, il la libéra, et déclara d'une voix voilée :

— Je ne l'ai pas fait exprès. C'était un accident, je vous assure.

— Je n'en crois pas un mot ! riposta-t-elle en lui tournant le dos pour se rajuster.

Sans lui répondre, il sortit du bassin, et commença à se sécher vigoureusement. Il avait un corps d'athlète et les muscles jouaient souplement sous sa peau hâlée. Pendant ce temps, Hanna essayait de maîtriser le désordre de ses pensées.

— Resterez-vous toute la journée dans l'eau ? s'enquit Ryan en baissant les yeux vers elle.

— J'attends que vous soyez parti.

Il s'essuya le visage et se frictionna les cheveux sans se presser. Un sourire moqueur étirait sa bouche sensuelle. Il lança ensuite sa serviette sur son épaule puis ramassa celle d'Hanna. Il s'approcha du bord et lui tendit la main pour l'aider à sortir.

— Allons, vous allez prendre froid.

En effet, la jeune fille frissonnait à présent. Après une seconde d'hésitation, elle se laissa hisser par Ryan. Celui-ci la frotta énergiquement avec son drap de bain. Gênée de le sentir si proche, elle se hâta de s'écarter.

— Je vous remercie, dit-elle d'une voix mal assurée.

Dès qu'elle eut vêtu son peignoir en éponge, Hanna voulut s'éloigner, mais il l'arrêta d'un mot :

— Attendez !

Subjuguée par l'expression de ses yeux noirs, elle s'immobilisa. Ils se contemplèrent sans bouger, comme prisonniers d'un cercle magique. La jeune fille réagit la première, désireuse de rompre l'enchantement.

— Je dois m'en aller, à présent.

Ryan passa machinalement ses doigts dans ses cheveux humides avant de froncer les sourcils.

— Ecoutez, j'ai une idée, annonça-t-il. Regagnerais-je

la sympathie de mes collaborateurs si je leur accordais un jour de congé ? Le travail a bien avancé ; nous avons tous mérité un peu de repos.

— Me demandez-vous mon avis ? s'étonna Hanna.

— Oui. Vous m'avez reproché ma conduite d'hier, rappelez-vous.

Elle se mit à rire de bon cœur.

— Votre suggestion me paraît excellente, acquiesça-t-elle gaiement.

Tout en marchant vers le motel, Ryan précisa à sa compagne :

— Je vais donc vous libérer, mais à une condition : ne passez pas cette journée avec votre cousin.

— Mais enfin, je n'ai pas le choix !

— Si, vous pouvez la passez avec moi, répliqua-t-il. Acceptez-vous mon invitation ?

Ils étaient arrivés sur le seuil. Ryan scruta Hanna d'un air inquiet, comme s'il craignait d'essuyer un refus. Elle se sentit envahie d'une joie débordante et répondit :

— J'accepte avec plaisir.

Il ouvrit la porte avant d''ajouter :

— J'allais oublier : j'aimerais que vous portiez votre jolie robe verte.

Une fois dans sa chambre, la jeune fille, submergée de bonheur, regretta de ne pouvoir confier sa joie à une oreille amie. Après avoir follement dansé autour de son lit, elle se laissa tomber dessus, complètement étourdie. Son allégresse ne connaissait plus de bornes : Ryan l'avait invitée pour la journée ! Elle prit sa douche en chantonnant, avant de revêtir le fourreau emprunté à Jessica.

Jessica... Ryan y songeait-il encore ?

Quand ses cheveux furent secs, Hanna les brossa soigneusement, puis les noua en chignon sur le bas de sa nuque. Elle compléta sa tenue de son chapeau blanc qui accentuait les reflets cuivrés de sa chevelure. Un léger trait de crayon noir souligna l'éclat de ses yeux verts

Enfin, elle se jugea prête à rejoindre Ryan au parking où il lui avait donné rendez-vous.

Elle y arriva quelques minutes avant lui. Dès qu'elle le vit s'avancer vers elle, elle tenta de calmer les battements précipités de son cœur. Il portait un costume en toile bleu marine, et une chemise blanche. Ses yeux étaient cachés par des lunettes de soleil, mais son sourire trahissait sa satisfaction.

— Vous êtes ravissante, déclara-t-il d'une voix chaleureuse.

En s'asseyant dans la voiture, Hanna faillit faire tomber son chapeau. Ryan le lui enleva délicatement, et le posa sur le siège arrière en conseillant :

— Vous le remettrez tout à l'heure. J'aime regarder votre visage afin de prévoir vos réactions. L'une d'elles m'a valu une ecchymose mémorable...

— Me rappellerez-vous toujours ce malheureux incident ? s'enquit-elle, les joues en feu.

— Mais j'en conserve un excellent souvenir ! protesta-t-il en démarrant. Vous êtes la seule femme à m'avoir à moitié assommé, et j'ai l'impression que vous n'avez pas fini de me surprendre.

Hanna demeura silencieuse. Elle lui jeta un coup d'œil furtif. Elle luttait désespérément pour ne pas s'approcher de lui et lui dire : « Ryan, prenez-moi dans vos bras... » Comment réagirait-il s'il l'apprenait ? Quoi qu'il en soit, elle devait tenter de se détendre et de rester insensible au charme de cet homme qui la troublait tant. Elle s'efforça de s'absorber dans la contemplation du paysage et le pittoresque des petites maisons de bois qui bordaient la route détourna bientôt son attention.

Bientôt, Ryan s'arrêta en face d'un luxueux restaurant. Ils commandèrent un délicieux petit déjeuner. Une étrange complicité s'établit peu à peu entre eux. Ils riaient des moindres détails des habitudes culinaires américaines et réussissaient parfaitement à s'entendre tant qu'ils évitaient les sujets personnels.

De retour à la Buick, Hanna demanda :

— Nous voici sur la route de Port-Gibson. Où allons-nous ?

— Que vous êtes impatiente, Miss Ballantyne ! plaisanta Ryan. Connaissez-vous le château de Windsor ?

— Ne me taquinez pas en parlant d'un endroit situé en Angleterre, murmura-t-elle.

— Il en existe un autre ici. C'est là que je vous emmène. Vous verrez, le site est fascinant. Naturellement, il ne ressemble guère à celui de notre pays.

— Qui l'habite ?

— Personne. Mais ne soyez pas trop curieuse... J'espère que vous ne serez pas déçue.

Après avoir dépassé Port-Gibson, Ryan engagea la voiture sur une route étroite et peu fréquentée. A mesure qu'ils s'éloignaient des grands axes, le paysage se modifiait. Les talus étaient tapissés de petites plantes jaunes et noires, et d'immenses magnolias se dressaient dans les prés et les jardins. Des fleurs d'une blancheur éblouissante se détachaient contre leur feuillage vert émeraude.

— Je ne savais pas que ces arbres poussaient en plein champ, s'étonna Hanna, émue par leur beauté.

— Autrefois, le Mississippi s'appelait l'Etat des Magnolias, assura son compagnon. Je regrette que l'on ait changé son nom.

Peu à peu, la végétation s'épaissit au point de former une forêt dense composée de sassafras et de gommiers. Des plantes grimpantes enserraient les troncs, formant un écheveau embrouillé semblable à une jungle...

Ce réseau impénétrable avait quelque chose d'angoissant. Hanna se pencha en avant dans l'espoir d'apercevoir un espace découvert. Les hautes futaies dissimulant le soleil l'oppressaient. Heureusement, elles se firent de plus en plus clairsemées et une lumière éclatante remplaça soudain la pénombre. Ils étaient arrivés dans la clairière du château.

La ruine dépourvue de toit découpait ses vingt-deux colonnes corinthiennes sur un ciel d'un bleu immaculé. Quelle folie avait poussé le propriétaire de cette demeure à se faire construire un tel palais à des kilomètres de tout lieu habité ? Emerveillée par ce spectacle, Hanna soupira :

— Que c'est beau !

Ryan quitta la route principale pour s'engager dans l'allée à peine carrossable conduisant au pied du manoir.

Debout près de la bâtisse, la jeune fille déclara :

— Une étrange impression de tristesse émane de cet endroit. Je n'ai jamais rien vu d'aussi émouvant !

Les yeux embués de larmes, elle se détourna pour cacher son émotion. Au loin brillait le ruban argenté de la rivière.

— Je savais que vous seriez aussi sensible à son charme, avoua Ryan. Je ne suis venu ici qu'une fois, seul. Je suis resté assis pendant des heures, comme si j'étais prisonnier d'un sortilège...

— Pourquoi la demeure a-t-elle été abandonnée ?

— Un incendie l'a ravagé à la fin du siècle dernier.

Un buisson de roses rouges poussait contre la muraille. Sans un mot, Ryan cueillit un bouton, qu'il tendit à Hanna. Elle le prit, respira son arôme délicat, puis l'accrocha au ruban de son chapeau.

Son compagnon s'était allongé dans l'herbe haute, et elle s'assit à côté de lui. On n'entendait que le bourdonnement des insectes. Ryan avait fermé les yeux. Jamais il n'avait adopté avec elle une attitude aussi détendue. La jeune fille en profita pour l'observer à son insu. Même dans cette attitude d'abandon, les traits de son visage gardaient leur arrogance. Il était décidément terriblement séduisant. Elle se souvint alors de leur première rencontre. Il l'avait intimidée, mais déjà, sans le savoir, elle s'était laissé subjuguer par cet homme aux manières cavalières. Oui, elle était amoureuse de lui depuis le premier jour !

Hélas, elle serait obligée de lui cacher soigneusement cette découverte : il ne partageait absolument pas ses sentiments !

Ryan entrouvrit les yeux, conscient d'être l'objet d'un examen attentif. Redoutant d'avoir été surprise à le regarder avec pleine tendresse, Hanna s'empressa de se détourner. Sous le soleil aveuglant dansait une légère vapeur qui estompait les contours. Après s'être redressé sur un coude, son compagnon tendit soudain la main et enleva une à une les épingles de chignon de la jeune fille, libérant ainsi la masse mousseuse de ses cheveux cuivrés.

— Voilà qui est mieux ! Vous ressembliez à une institutrice sévère, plaisanta-t-il. D'ailleurs, vous en adoptez parfois le comportement. Pourtant, votre personnalité cache bien d'autres aspects. Seraient-ils... réservés à Jay Caldwell ?

Sous le coup de la stupéfaction, Hanna n'eut même pas la présence d'esprit de nier ce qui sonnait comme une accusation. Ryan crut que son silence confirmait ses soupçons. Lorsqu'elle fit mine de se relever, il l'agrippa brusquement par le poignet, puis l'obligea à tourner la tête vers lui.

— Quoi qu'il en soit, commença-t-il d'une voix coupante, puisque vous voici avec moi, vous allez oublier ce jeune homme pour aujourd'hui.

Maintenue par une poigne de fer, Hanna ne réussit pas à éviter un baiser brutal. Elle se débattit pour lui échapper mais il ne relâcha pas pour autant son étreinte ; au contraire... Vaincue, elle fut parcourue d'un long frisson et s'abandonna peu à peu. Quand il l'embrassait ainsi, elle était capable d'oublier toutes ses résolutions. Pour la première fois, elle osa caresser les épaisses boucles brunes de Ryan. Elle en mourait d'envie depuis si longtemps !

Le cri perçant d'un oiseau perché sur un arbre voisin la rappela soudain à la réalité. Elle frissonna, comme si on l'éveillait brutalement d'un rêve délicieux, ouvrit les yeux et repoussa subitement son compagnon.

— Je vous en prie... arrêtez ! s'écria-t-elle.

Une seconde plus tard, Hanna était debout ; elle tremblait si fort que ses jambes la soutenaient à peine. Il la fixa alors de ses yeux brillants et fiévreux avant de murmurer :

— J'ai enfin appris ce que je voulais savoir.

Déconcertée par ces paroles énigmatiques, la jeune fille s'interrogea : avait-il deviné qu'elle brûlait de désir pour lui ? Incapable de rester là plus longtemps, elle s'éloigna en direction des ruines.

Elle avançait d'un pas mal assuré, sans prêter attention au sol inégal. Soudain, son pied buta contre un petit monticule de terre. Lorsqu'elle le dégagea, il était déjà couvert d'énormes fourmis rouges : elle avait marché au beau milieu d'une fourmilière ! La piqûre des insectes lui arracha un hurlement. Lorsque Ryan, alerté par ses cris, la rejoignit, elle s'était déjà débarrassé de la plupart des fourmis, mais sa peau était marquée par de cuisants petits boutons rouges.

— Vous en serez quitte pour de pénibles démangeaisons, remarqua-t-il. Il y a une petite mare non loin d'ici. L'eau fraîche vous soulagera.

Sans attendre sa réponse, il la souleva dans ses bras et marcha jusqu'au bord du point d'eau. Après avoir défait sa sandale, Hanna y plongea son pied. Dès que la sensation de brûlure s'estompa, Ryan lui frotta la peau avec de larges feuilles qui calmèrent sa douleur. Elle le regarda faire en silence, étonnée de son habileté à la soigner.

— Pauvre Hanna ! s'exclama-t-il. Vous m'avez causé deux émotions en une seule journée.

Après s'être relevé, il lui adressa un large sourire.

— Je vais vous porter jusqu'à la voiture.

— Je suis capable de marcher, protesta-t-elle.

— Pour commettre une nouvelle imprudence ? Jamais de la vie !

Il la souleva à nouveau dans ses bras, et commença à descendre le sentier à grandes enjambées. Quand il la déposa à terre, Hanna garda un instant ses bras croisés autour de son cou, et nicha sa tête contre son large torse. Ryan déposa un baiser sur ses cheveux auburn. Emue par cette tendresse imprévue, elle le regarda. Alors, il s'empara de sa bouche et ses lèvres se firent caressantes, puis pressantes, passionnées... Il enlaça sa taille et la serra contre lui, lui arrachant un gémissement de plaisir.

— Oh, Hanna, murmura-t-il. Je vous ai évitée pendant les deux derniers jours. J'aurais dû en faire autant aujourd'hui...

Déçue, Hanna comprit que leur étreinte devait s'arrêter là. Elle prit place dans la voiture et retrouva progressivement son sang-froid. Après tout, si Ryan refusait de se lancer dans une aventure sans lendemain, elle devrait s'en réjouir... Elle-même accordait trop d'importance au mariage pour se satisfaire d'une situation précaire.

Le reste de la journée se déroula sans incident. Hanna commença à se demander si elle n'avait pas entièrement rêvé la scène du château. Quand son compagnon se gara sur le parking du motel, en fin d'après-midi, la jeune fille déclara :

— Merci infiniment. Vous m'avez fait découvrir un endroit étonnant.

— Je suis content que la promenade vous ait plu.

— Ryan... commença-t-elle, le cœur battant.

— Oui ?

Elle se tut : que voulait-elle lui dire au juste ? Que ses baisers l'avaient enivrée ? Qu'elle rêvait de se blottir à nouveau contre lui ? Au lieu de cela, elle ouvrit vivement la portière et sortit de la Buick sans perdre une minute. C'était le seul moyen de ne pas trahir son émotion. Ils entrèrent ensemble dans le hall du motel. Juste avant d'arriver au salon, Ryan saisit la main de sa compagne.

— Je tiens également à vous remercier, dit-il doucement avant de tourner le bouton de porte.

Plusieurs personnes buvaient des cocktails en attendant le dîner. Ryan laissa rapidement retomber la main de sa compagne. Après avoir jeté un coup d'œil dans la pièce, Hanna se figea brusquement : Jessica se tenait à quelques pas d'elle !

9

A sa grande surprise, elle s'aperçut que ses sentiments d'amitié pour la scénariste étaient restés intacts et elle s'avança vers elle en souriant.

— Jessica ! Quelle merveilleuse surprise...

Sans daigner lui accorder un seul regard, Jessica se jeta dans les bras de Ryan.

— Oh, Ryan, si tu savais comme j'ai attendu ce moment, s'écria-t-elle d'une voix entrecoupée de sanglots. J'ai tellement souffert !

Réduite au rôle de spectatrice, comme les autres clients de l'hôtel, Hanna assistait à cette scène en étrangère. Mais sa gorge se serra douloureusement.

— Mais... ta lune de miel en Italie... commença-t-il en fronçant les sourcils, la mine perplexe. Où se trouve Alistair ? Avec toi ?

— Ne me parle plus de lui, mon chéri, répondit-elle, le visage baigné de larmes. Pourquoi m'as-tu laissée commettre pareille folie ?

Afin d'éviter de se donner en spectacle, il tenta de l'entraîner à l'abri des oreilles indiscrètes, mais Jessica résista, butée comme une enfant capricieuse.

— Tu n'as jamais écouté les conseils de quiconque, tu le sais bien, riposta Ryan d'un ton indulgent.

— Quand je pense que tu m'avais promis de m'emmener à Vicksburg pour le tournage des *Quarante-sept jours* ! lui reprocha Jessica d'une voix tendue.

Soucieuse de se disculper aux yeux de son employeuse, Hanna jugea prudent d'intervenir.

— Je peux vous expliquer, Jessica...

— Je t'ai téléphoné ce matin parce que nous avions besoin de toi, coupa Donalson, bien décidé à apaiser le courroux de la scénariste.

— Que signifie ce « nous » ? gronda-t-elle avec un énervement croissant. Dès que j'ai eu tourné le dos, tu t'es enfui avec ce petit serpent qui me sert de secrétaire et se permet de porter des robes qui m'appartiennent ! Elle ne l'emportera pas au paradis !

D'abord confondue par la virulence de Jessica, Hanna implora Ryan du regard pour qu'il prenne sa défense.

— Allons, Jess, fit-il posément. Tout va s'arranger.

Hanna l'aurait volontiers giflé ! Il se moquait bien qu'elle se fasse insulter en public ; l'essentiel était de consoler Jessica... Sans doute se sentait-il flatté de voir cette dernière accrochée à son cou. Grâce à elle, il passerait pour quelqu'un d'irrésistible. Hanna se résolut à couper court à cette scène pénible.

— Excusez-moi, lança-t-elle d'une voix acérée, avant de sortir précipitamment de la pièce.

En traversant le hall pour se réfugier dans sa chambre, elle se heurta de front avec Jay.

— Eh bien, que t'arrive-t-il ? demanda-t-il en éclatant de rire.

Etonné par son expression hagarde, il la prit par le bras et la regarda attentivement. Hanna se sentit submergée par une envie folle de pleurer, et se contint à grand-peine. Elle parvint à grimacer un pauvre sourire.

— Ce n'est rien. J'allais simplement me changer.

— Menteuse, répliqua-t-il gentiment. Seule une nouvelle altercation avec le metteur en scène a pu te bouleverser à ce point. S'il me tombe entre les mains...

— Jay, je t'en prie ! l'interrompit sa cousine, au bord des larmes.

— N'en parlons plus... Je t'invite à dîner.

— J'accepte volontiers, mais laisse-moi le temps de passer dans ma chambre.

— Pour toi, j'attendrais l'éternité s'il le fallait, répondit-il galamment.

Parvenue dans sa retraite, Hanna se figea un instant pour rassembler ses esprits. Ryan avait retrouvé sa Jessica bien-aimée... Sa gorge se serra à la pensée qu'à présent, elle ne comptait plus aux yeux de l'égoïste Donalson. Désormais, elle devrait s'efforcer à tout prix de dissimuler ses sentiments.

Fort heureusement, le tournage se terminait et elle arriverait certainement à surmonter cette courte épreuve. Peu à peu, sa détresse fit place à une colère sourde. Elle ne s'enfuirait pas chez tante Rachel, comme elle l'avait songé un moment. Après tout, elle avait été engagée par Ryan et n'avait rien à se reprocher.

Tout en se préparant, elle décida d'oublier cet épineux problème pour se consacrer exclusivement à la soirée avec Jay.

Lorsqu'elle le rejoignit, vingt minutes plus tard, elle s'était composé un visage beaucoup plus détendu. Ils se dirigèrent vers le parking, bras dessus, bras dessous.

— Ton patron vient juste de sortir avec une jolie brune qui se cramponnait à lui, annonça Jay.

— Je n'ai jamais travaillé pour Ryan Donalson, corrigea Hanna. C'est... ou plutôt c'était la brune en question qui m'employait.

— Je ne comprends pas.

— Tu viens d'apercevoir Jessica Franklin, arrivée tout droit d'Angleterre sans son mari. Je serai sans doute licenciée demain...

Un sourire aux lèvres, elle ajouta :

— J'allais me lamenter sur mon sort, mais j'ai changé d'avis. Ma situation n'a rien de dramatique.

— Bravo ! s'exclama Jay.

Il devinait la tension de la jeune fille, mais ignorait la cause réelle de son tourment. Conscient de la nécessité de lui changer les idées, il s'empressa d'aborder des sujets plus amusants.

Après avoir dîné dans une délicieuse pizzeria, les jeunes gens se rendirent dans un cinéma en plein air. Jay avait insisté pour acheter des pop-corn et du coca-cola. Songeant à sa ligne, Hanna protesta.

— Absurde ! riposta son cousin. Tu garderas toujours cette silhouette parfaite.

Le mot « fin » venait de s'inscrire sur l'écran, mais ils restèrent assis dans la voiture stationnée sur l'immense parking.

— Sûrement pas si je vivais ici tout le temps, lança-t-elle en riant.

— Veux-tu parier ?

— De toute façon, nous ne connaîtrons jamais la réponse, lui rappela-t-elle gaiement.

— Hanna, commença Jay après un instant de réflexion, maman s'est installée dans le Mississippi, et elle ne le quitterait à aucun prix, à présent. Pourquoi ne t'inviterais-tu pas ?

Hanna n'avait pas envie de gâcher une soirée si divertissante. Elle avait tellement ri pendant le film qu'elle en avait presque oublié ses soucis. Elle ne voulait pas s'en créer de nouveaux.

— Le problème ne risque guère de se poser, éluda-t-elle d'un ton léger.

— Au contraire, puisque tu es menacée de perdre ton emploi, pourquoi ne travaillerais-tu pas ici ?

— Il me faudrait quitter mes parents !

— Si tu épousais un Américain, comme maman, tu y serais bien forcée, insista son cousin.

Il saisit dans un brusque élan les mains de la jeune fille avant de poursuivre :

— Pourquoi pas, Hanna ? Je veux que tu deviennes ma femme. Je prendrai grand soin de toi. Si je m'écoutais, j'irais directement m'en prendre à cette scénariste de malheur. Je ne lui pardonne pas de t'avoir bouleversée.

— Oh, Jay ! protesta-t-elle.

Hanna se troubla sous le regard amoureux du jeune homme, empreint d'une réelle inquiétude. L'expression de son visage trahissait une immense sincérité. Elle se mit à hésiter : une affection sereine n'était-elle pas préférable à une passion trépidante, génératrice de multiples souffrances ? Hélas, il fallait également y renoncer : l'impétueux Jay ne consentirait jamais à attendre, à accepter de longues fiançailles...

— Nous ne nous connaissons pas depuis assez longtemps, objecta-t-elle.

— Dès que je t'ai vue, j'ai compris que je désirais me marier avec toi.

Hanna frissonna : Ryan et Jessica s'étant déjà réconciliés, elle devrait abandonner toute illusion sur une idylle éventuelle avec le metteur en scène.

Jay se méprit sur son silence. Il s'inclina vers elle et l'embrassa tout doucement, comme s'il craignait de l'effrayer. Hélas, il n'éveilla en elle aucun émoi ! Le jeune homme ne possédait pas le don de lui faire oublier le monde extérieur, elle ne palpitait pas sous son étreinte, comme dans les bras de Ryan...

— Promets-moi d'y réfléchir, Hanna, dit-il dans un souffle.

— Je t'en donne ma parole.

De retour au motel, Hanna, épuisée par les émotions de la journée, sombra rapidement dans un sommeil sans rêves.

Le lendemain matin, les commentaires allaient bon train dans la salle à manger. Chacun racontait sa version de l'arrivée impromptue de Jessica. Tout comme Ryan, elle n'avait pas paru à la table du petit déjeuner. Sitôt entrée dans la pièce, Hanna fut donc assaillie de questions par le groupe des scripts. Elle décrivit Alistair aussi brièvement que possible.

— Qu'allez-vous faire, à présent ? lui demanda Vicki.

Hanna venait de remarquer l'entrée de Ryan ; il se dirigeait vers sa table. Elle posa ses mains sur ses genoux afin d'en dissimuler le tremblement et attendit que l'arrivant soit à portée de voix pour rétorquer :

— Je vais sans doute épouser mon cousin Jay Caldwell.

Un concert de voix s'éleva pour réclamer des détails, mais elle n'entendait que les battements accélérés de son cœur. Elle afficha un petit sourire mystérieux, comme s'il s'agissait encore d'un secret. En fait, cette déclaration fracassante était uniquement destinée à Ryan, par pure bravade. Ce dernier, debout près de sa chaise, déclara d'une voix froide :

— J'aimerais vous dire un mot.

Hanna se leva immédiatement.

— Puisqu'il ne reste qu'une scène à tourner, poursuivit-il, il n'est pas indispensable que vous assistiez aux dernières prises de vue...

— Je comprends parfaitement, coupa-t-elle d'un ton sec. Cependant, je tiens à terminer un travail pour lequel j'ai été engagée. Comme Jessica semble vouloir ignorer ma présence, soyez assez aimable pour le lui expliquer !

— Hanna...

Sans prendre garde à son ton radouci, elle s'éloigna d'une démarche altière.

Après le déjeuner, Bill vint la chercher pour l'emmener sur le lieu de tournage. Toute la matinée, une averse avait empêché la réalisation de la dernière séquence. La perspective de finir plus tard rendait les membres de l'équipe extrêmement irritables. Ryan lançait des ordres

116

brefs et ses collaborateurs murmuraient contre sa mauvaise humeur. Il prétexta quelques coups de téléphone urgents pour les quitter rapidement.

Quelques minutes après son départ, Jessica fit son apparition. Elle marcha droit sur Hanna.

— Petite effrontée ! glapit-elle. Qui vous a autorisée à utiliser mon manuscrit ? Votre audace dépasse les bornes !

Hanna rougit d'être attaquée aussi violemment et en public, à nouveau, mais elle rétorqua sans se laisser intimider :

— Ne me dites pas que vous n'avez pas lu ma lettre... Elle vous expliquait en détail les raisons de mon départ.

— Oh, bien sûr ! Mais je n'en ai pas cru un mot ! Quel choc j'ai reçu en rentrant chez moi... Vous aviez fouillé ma maison, emporté une bonne partie de mes affaires ; non contente de m'avoir dérobé mon poste de scénariste, vous vous êtes enfuie de l'autre côté de l'Atlantique avec le seul homme que j'aie jamais aimé ! Vous n'êtes qu'une intrigante, doublée d'une voleuse par-dessus le marché !

— Jessica !... J'exige des excuses !

Comment Jessica, autrefois si gaie et si charmante, pouvait-elle en arriver à de telles extrémités ?

— La vérité vous fait peur, n'est-ce pas ? ricana-t-elle.

— Rien de tout cela n'est vrai, et vous le savez fort bien ! Pourquoi prétendez-vous des choses pareilles ?

Les spectateurs s'étaient rapidement éclipsés, après avoir jeté un coup d'œil compatissant à Hanna. Ils préféraient, par délicatesse, la laisser s'en sortir toute seule. Sans se préoccuper de leur départ, Jessica reprit de plus belle :

— Hier, vous portiez ma robe, ne le niez pas. Et le portrait que m'avait donné Ryan ? Il a disparu ! Sans doute se trouve-t-il dans vos bagages... En attendant, rendez-moi sur-le-champ la chemise contenant mes notes.

La main crispée sur son porte-documents, Hanna ignora le geste de Jessica pour récupérer son manuscrit.

— La photographie est rangée sur une étagère de votre penderie, expliqua-t-elle d'un ton sec. Je l'avais mise là par égard pour votre mari. Quant au fourreau, je suis désolée de l'avoir emprunté, mais...

— Vous l'avez pris dans l'espoir de séduire Ryan en portant mes vêtements. Eh bien, vous perdez votre temps ! C'est moi qu'il aime !

— En effet... bien que je ne comprenne pas pourquoi après l'odieux comportement que vous adoptez tout à coup, riposta Hanna. Si vous l'aimiez, à quoi rimait ce stupide mariage ?

— Mêlez-vous de vos affaires ! Oh, et puis, que m'importe ?... Pour satisfaire votre curiosité, apprenez que Ryan tient trop à sa liberté pour m'épouser, alors qu'Alistair acceptait d'y renoncer.

— Vous l'en avez bien mal récompensé !

Le ton montait, malgré les efforts désespérés d'Hanna qui essayait de freiner l'escalade des invectives.

— Revenons-en plutôt à votre travail, fulmina Jessica. Ryan m'a tout raconté : vous avez en quelque sorte procédé à un chantage pour obtenir qu'il vous emmène.

— Vous mentez ! Il n'a rien dit de tel !

— Vous avez modifié mon script sans ma permission. Vous avez même eu l'aplomb d'écrire une nouvelle scène et d'insister pour qu'elle soit tournée : je vous informe qu'elle est entièrement ratée. Nous avons bien ri en la lisant. D'ailleurs, Ryan va la déchirer. A partir de maintenant, vous voici sans emploi. Je ne vous dois *rien*, et je ferai en sorte que votre nom ne figure pas sur la liste du personnel des Studios Beauman.

Exaspérée par tant d'injustice, Hanna lança la serviette en cuir dans les bras de Jessica et se hâta de sortir, la tête haute, feignant d'être restée insensible aux odieuses accusations de la scénariste.

Elle se dirigea instinctivement vers sa chambre. Partagée entre l'humiliation et la colère, elle décida finalement d'ignorer les propos cinglants de Jessica ; seul, le dépit les dictait. Tout était arivé par la faute de Donalson ! Pourquoi avait-il négligé d'expliquer la situation à la jeune femme ? Pour couronner le tout ils s'étaient bien moqués d'elle tous les deux ! Ryan s'était-il joué d'elle à ce point ? Après tout, son amour pour lui l'avait peut-être totalement aveuglée... Elle admirait sa prestance, son autorité, sa personnalité mais au fond, cet homme n'avait aucun scrupule ! Que lui importait de salir la réputation d'une simple secrétaire ? Regagner la confiance et l'amour de Jessica devait tellement plus compter pour lui...

Hanna ralentit un peu son allure ; parvenue devant la chambre de Ryan, elle s'arrêta. Ne lui devait-il pas des explications après tout ? Elle le forcerait si nécessaire à répéter devant Jessica ce qu'il lui avait dit pour la convaincre de venir aux Etats-Unis ! Il n'y avait pas une minute à perdre !

Hanna marqua un temps d'hésitation devant la porte restée entrouverte ; elle l'appela plusieurs fois, mais n'obtenant pas de réponse, elle avança résolument à l'intérieur. La pièce était vide ! Sur la table, jonchée de livres et de papiers, gisait un trousseau de clés. L'espace d'une seconde, la jeune fille évoqua le visage bienveillant de Rachel. Elle seule saurait la consoler... Mais comment la rejoindre sans voiture ? Sans réfléchir, elle empocha les clés, redescendit l'escalier sans rencontrer personne, et se glissa jusqu'au parking.

La Buick était garée à sa place habituelle. Complètement bouleversée par ses dernières épreuves, Hanna agissait dans un état de demi-conscience. Elle s'installa au volant de la spacieuse conduite intérieure puis démarra.

Sur la route désormais familière de Port Gibson, elle se détendit peu à peu, et commença même à goûter le plaisir de piloter une voiture américaine. Elle ne se souciait guère de l'avoir empruntée sans la permission de quiconque... Pourtant, lorsqu'une sirène de police se mit à mugir dans l'autre sens, son cœur fit un bond. Un regard dans le rétroviseur lui prouva qu'elle n'était pas suivie, Dieu merci! Si Ryan signalait la disparition de la Buick aux autorités, elle courait au-devant de graves ennuis. Cependant, au fur et à mesure qu'elle s'éloignait de Vicksburg, elle retrouvait son assurance. Ryan comprendrait peut-être que dans son désir de fuir au plus tôt les foudres de Jessica, elle ait voulu s'éloigner et rejoindre les siens sans plus attendre.

Avec un peu de chance, il patienterait jusqu'à son retour...

Elle se gara peu après devant la maison de sa tante. Soulagée d'être arrivée à destination, elle demeura un instant immobile : elle allait enfin confier ses ennuis à quelqu'un de compréhensif ! Elle marcha d'un pas décidé vers la porte d'entrée et appuya sur la sonnette. Hélas, personne ne vint ouvrir !

— Mme Caldwell n'est pas là aujourd'hui, claironna la voisine. Elle est à l'hôpital pour son traitement hebdomadaire.

Debout à la grille de sa demeure, une femme imposante, âgée d'une quarantaine d'années, l'observait. Elle était vêtue d'un short jaune citron et d'un chemisier vermillon soulignant ses amples proportions.

— Je ne savais pas, répondit Hanna. Mais... ses fils...

— Ne sont pas là non plus, coupa son interlocutrice. Oh, mais vous êtes sans doute sa nièce anglaise... celle qui travaille pour la télévision. Ecoutez, je vous invite chez moi, nous boirons un soda ou du café, et vous me raconterez la vie palpitante des studios...

— Je vous remercie, s'empressa de dire la jeune fille. Je viendrai une autre fois avec plaisir. A présent, je suis affreusement en retard et dois m'en aller. Excusez-moi.

Elle courut jusqu'à sa voiture, pour que l'autre ne voit pas les larmes ruisseler sur son visage. Après avoir roulé quelques centaines de mètres, elle dut s'arrêter : sa vue était trop brouillée. Elle croisa ses bras sur le volant et y enfouit son visage sans plus retenir ses sanglots, incapable de surmonter son immense déception devant ce dernier coup du sort. Elle comptait tellement sur tante Rachel pour apaiser son chagrin !

Un instant plus tard, Hanna ouvrit les yeux. Il fallait prendre une décision ; elle ne pouvait pas rester là indéfiniment. Elle jeta un coup d'œil alentour. Un panneau indicateur signalait la direction du château de Windsor à l'intersection suivante. Elle sursauta en se rappelant combien elle avait été heureuse, la veille, dans cet endroit paisible...

Hanna s'engagea automatiquement sur la route, et suivit les pancartes en reconnaissant peu à peu l'itinéraire emprunté par Ryan. La solitude du manoir l'aiderait sûrement à retrouver sa quiétude. Dans ce lieu enchanté, elle ferait le point beaucoup plus aisément que dans sa chambre d'hôtel, en plein centre de Vicksburg.

Hélas, elle avait oublié qu'elle devait traverser une bonne partie de la forêt, fourmillante de lianes, qui lui parut encore plus mystérieuse et sombre que lorsqu'elle roulait avec Ryan. Elle ne put réprimer un frisson de crainte irraisonnée devant l'étrangeté lugubre du paysage. Tout à coup, d'énormes gouttes d'eau s'écrasèrent sur le pare-brise. La chaussée trop étroite ne permettant pas de faire demi-tour, elle devait poursuivre de l'avant. Bientôt, les essuie-glace ne parvinrent plus à balayer les trombes d'eau qui tambourinaient sur la tôle de la Buick. Les yeux écarquillés pour distinguer les bas-côtés, Hanna, à demi-assourdie par ce fracas, n'entendit pas le premier coup de tonnerre.

Lorsqu'elle émergea enfin du bois, ce fut pour atterrir en plein cœur de l'orage... Des éclairs zébraient le ciel d'un noir d'encre. Elle n'avait jamais rien vu d'aussi terrifiant !

Un nouveau grondement de tonnerre lui fit faire un brusque écart, et elle perdit aussitôt le contrôle de son véhicule ; il dérapa et cahota sur le talus avant d'être freinée par une épaisse couche de boue. Il s'arrêta enfin dans une touffe d'épineux.

Juste avant de s'évanouir, Hanna aperçut les hautes colonnes du château de Windsor, illuminées par la foudre. Son hurlement se noya dans le bruit de la tempête.

10

Il pleuvait encore lorsqu'elle ouvrit les yeux. Allongée sur le siège avant, les bras pressés sur sa tête, sans doute rêvait-elle puisqu'elle croyait entendre la voix de Ryan qui criait :

— Allons, Hanna, secouez-vous ! J'attends vos explications. Pourquoi êtes-vous venue seule ici, dans ma voiture ? Si vous l'avez endommagée... je crois bien que je vous enverrai la note de l'entreprise de location !

Par la portière ouverte, des gouttes de pluie lui mouillaient le visage ; elle était encore trop engourdie pour se redresser et tourna simplement la tête. Elle découvrit alors Ryan, penché sur elle.

— Quel manque de courtoisie, monsieur Donalson ! parvint-elle à articuler d'une voix étrangement lointaine.

Hanna ne comprenait pas comment il était arrivé là. Elle rassembla ses forces pour le repousser, et réussit à s'asseoir, un peu hébétée. Ryan s'installa à ses côtés.

— Oh, Hanna, vous m'avez causé la frayeur de ma vie ! s'exclama-t-il d'un ton étonnamment radouci.

Il la prit dans ses bras et la maintint contre lui quelques secondes. Il caressa sa nuque après avoir relevé ses cheveux qui coulaient comme de la soie entre ses doigts bronzés.

— Ma chérie, je suis vraiment désolé de vous avoir

bousculée, mais je n'avais pas le choix pour vous ramener à la réalité.

Peu désireuse d'interrompre ce rêve délicieux, Hanna se blottit contre Ryan. Les paupières mi-closes, elle huma le parfum de sa peau humide. Elle n'allait sans doute pas tarder à s'éveiller... Elle savourait ces précieux instants pendant lesquels il l'avait appelée « ma chérie ». Après avoir poussé un long soupir, il la saisit par les épaules et la serra jusqu'à ce qu'elle crie.

— Je devrais vous donner une bonne correction, grommela-t-il d'un ton féroce. Voler mes clés et vous installer au volant d'une voiture inconnue ! Si vous n'avez pas été blessée, c'est un pur miracle !

Alors, ce n'était pas un rêve... Ryan frémissait de colère en la fixant de ses yeux noirs étincelants. La pluie continuait à marteler la carrosserie. Mais pourquoi lui avait-il dit « ma chérie » ? Hanna se débattit pour échapper à sa violente étreinte.

— Je ne voulais pas rester au motel une seconde de plus ! haleta-t-elle. Pour être humiliée et calomniée... J'aurais dû rouler directement vers l'aéroport et m'embarquer dans le premier avion en partance pour l'Angleterre !

— C'est *moi* qui déciderai du jour de votre départ ! Vous êtes placée sous ma responsabilité.

— Oh, non, c'est bien fini ! Grâce à vous, Jessica m'a congédiée. Je ne dépends plus de personne.

Ryan s'apprêtait à répondre, mais elle le devança :

— Conduisez-moi donc à Port Gibson, chez ma tante. Elle, au moins, se soucie de moi.

Il s'était raidi, l'air menaçant.

— Ce n'est pas le moment de discuter de vos démêlés avec Jessica, lança-t-il d'un ton coupant.

Hanna hoqueta de rage.

— Bien sûr ! Vous préférez éviter cette question brûlante... et ne pas reconnaître vos torts. Si cela vous

124

permet de vous réconcilier avec elle, ne vous gênez pas ! Ce n'est pas moi qui vous en empêcherai !

Ryan prit une profonde inspiration et se détendit progressivement, avant de s'adresser à elle comme à une enfant boudeuse, avec une légère pointe de moquerie :

— Votre querelle avec Jessica vous a bouleversée, je le comprends fort bien. Pourtant, vous connaissez son caractère vindicatif... et absolument imprévisible. Cela dit, il vaut mieux songer au présent : après ce véritable déluge, la route risque d'être inondée.

Hanna observa Ryan en tentant de reprendre pied dans la réalité. Elle regarda par la vitre ; à quelques mètres de là, une autre voiture était garée au bord de la chaussée, les pneus déjà presque submergés.

— Qu'allons-nous faire ? demanda-t-elle avec anxiété.

— D'abord vérifier si la Buick n'est pas endommagée.

— Rassurez-vous : je n'ai sûrement rien abîmé. Vous distinguerez peut-être des éraflures sur la carrosserie, mais rien d'autre.

Ryan sortit un instant pendant qu'Hanna se poussait à la place du passager, puis il s'installa au volant. Le moteur démarra à la première tentative. Dès qu'il fut dégagé des buissons, le véhicule patina dans la boue, avant de s'enliser définitivement. Ryan tenta en vain d'utiliser la radio C.B.

— L'humidité doit l'empêcher de fonctionner, expliqua-t-il. C'est dommage ! Nous aurions pu indiquer notre position afin que personne ne s'inquiète...

« Afin que *Jessica* ne s'inquiète pas », corrigea mentalement Hanna. Ryan ouvrit la portière et plongea son pied dans l'eau pour en évaluer la profondeur ; elle lui arrivait à la cheville ! Il enleva alors ses chaussures de toile, les laça ensemble, et les jeta négligemment sur une épaule.

— Une arche ! Voilà ce qu'il nous faudrait ! plaisanta-t-il.

— Pour y rester des jours entiers, seule avec vous ? poursuivit Hanna d'un ton pincé. Je n'accepterais jamais d'embarquer en votre compagnie.

— Ne vous inquiétez pas. Nous ne sommes pas encore réduits à de telles extrémités. Au reste, pour des raisons différentes, je ne le supporterais pas non plus, ajouta-t-il avec un sourire rêveur.

— Je suis désolée de vous retenir loin de votre précieuse Jessica, rétorqua-t-elle d'une voix acerbe, sans hésiter une seule seconde sur le sens de sa remarque.

— Pas autant que moi ! J'aurais beaucoup à lui dire. Cependant, puisque je dispose de la voiture de Bill, il nous suffit d'aller la rejoindre.

Hanna commença à défaire ses sandales, mais il l'arrêta aussitôt.

— Ne les enlevez pas. Je vais vous porter jusqu'à la route.

— Il n'en est pas question ! Je pataugerai dans la boue, tout comme vous.

— Sans crainte des fourmis rouges ? s'en prit-il d'un air narquois.

Hanna haussa les épaules et posa un pied par terre avant que son compagnon ne puisse intervenir. Il ferma les portières, puis il empocha son trousseau de clés. Progresser dans ce bourbier représentait bien des difficultés... mais elle ne se plaindrait pas ! Elle avançait en serrant les dents pour ne pas crier lorsque des pierres coupantes lui écorchaient les pieds ou que des buissons lui égratignaient les jambes. Très rapidement trempée, sa robe se plaqua contre son corps élancé. Puisqu'elle avait dédaigné son aide, Ryan l'ignorait. Il marchait à grandes enjambées et atteignit la route bien avant elle. Après avoir observé un instant Hanna, en train de glisser et de trébucher, il rejeta la tête en arrière et se mit à rire à gorge déployée.

— Vous l'avez bien cherché ! s'exclama-t-il.

Hanna s'arrêta un instant, entièrement insensible au comique de la situation. Elle regarda Ryan à travers le rideau de pluie. Il ressemblait à un pirate avec ses pieds nus, ses jambes de pantalon retroussées, et sa chemise presque entièrement déboutonnée qui collait à sa peau bronzée. Le célèbre metteur en scène était devenu méconnaissable ! Excédée par sa bonne humeur, elle jeta un coup d'œil au ciel charriant de sombres nuées, avant de baisser les yeux, découragée.

Cependant, Ryan avait posé ses chaussures sur le capot de la voiture, et s'avançait vers elle avec une expression amusée. Terrifiée par un lointain roulement de tonnerre, elle ne devina pas immédiatement ses intentions. Une seconde plus tard, il l'avait jeté sur son épaule, sans aucun ménagement. Tout en criant à perdre haleine, elle bourrait son dos de coups de poing, et lui décochait de violents coups de pied. Peine perdue ! Il ne la relâchait pas.

— Rentrez vos griffes, petite tigresse ! Nous sommes arrivés, annonça-t-il en la déposant sur la route.

— Je vous déteste, Ryan Donalson ! hoqueta Hanna.

— Vraiment ? sourit-il d'un air incrédule.

Elle en eut le souffle coupé ! Adossé contre la portière, Ryan l'attira brusquement contre lui. En un éclair, elle se vit prise au piège ! Il l'obligea à le regarder et écrasa sa bouche d'un violent baiser. Etroitement serrée contre son corps brûlant, Hanna osait à peine respirer... Il éveillait en elle un désir lancinant, mais il fallait à tout prix l'empêcher de s'en rendre compte. Elle se figea, les muscles contractés, dans l'espoir de lui résister, mais devina bientôt qu'elle avait perdu la partie. Vaincue, elle répondit passionnément à ses lèvres exigeantes, incapable de lutter plus longtemps contre son envie impérieuse de s'abandonner à lui. Il dut la repousser, puis, après l'avoir embrassée doucement sur le front et les paupières, il reprit :

— Me détestez-vous vraiment, Hanna ?

— Seulement quand vous me provoquez délibérément... Je ne sais pas comment les autres parviennent à vous supporter.

— Je leur en donne rarement l'occasion, commenta-t-il d'un air énigmatique. Personne ne vous a embrassée sous un tel déluge, j'en jugerais, ajouta-t-il après avoir fermé un instant les paupières. Vous vous en souviendrez toute votre vie.

— A moins que je n'essaye de l'oublier !

— Ne vous leurrez pas, Hanna. Vous avez pris autant de plaisir que moi à notre étreinte, et vous penserez à moi chaque fois que Jay Caldwell vous enlacera sous la pluie !

Sur ces paroles moqueuses, il ouvrit la portière de la voiture et grimpa à l'intérieur. Hanna demeura un moment abasourdie : Ryan disait vrai ! S'il avait prolongé une seconde de plus ce délicieux baiser sous l'averse, elle aurait perdu la tête. Elle passa une main tremblante sur ses yeux, avant de monter à son tour dans le véhicule.

Il la contempla une seconde d'un air incertain, comme s'il allait parler, puis il se ravisa et démarra. Il exécuta un habile demi-tour sur la chaussée détrempée. Les pneus dérapaient dans les flaques d'eau qui éclaboussaient parfois jusqu'au toit de la voiture, bien qu'il conduisît à vitesse réduite. La situation se détériora peu à peu, la visibilité devenant presque nulle tant la pluie fouettait le pare-brise.

Arrivé dans la forêt, Ryan se gara sous le couvert des arbres afin d'attendre que la tempête se calme. C'est alors qu'il aperçut une maison, bâtie dans une clairière, au bord de la route. Malgré son aspect délabré, des rideaux garnissaient les fenêtres et la porte était entrouverte. Un nouveau coup de tonnerre fit ciller Hanna qui se réfugia instinctivement dans les bras de Ryan, tremblante de frayeur.

Debout sur le seuil de sa demeure, un vieil homme gesticulait pour attirer leur attention tout en criant :

— Venez donc vous réfugier ici !

La nuit n'allait pas tarder à tomber. Les heures s'étaient égrenées sans qu'Hanna ne mesure leur course inéluctable.

— Il a raison, déclara son compagnon. Nous ne pouvons pas rester là.

Il descendit de voiture, la prit dans ses bras comme une enfant, et la porta jusqu'à la masure.

— Eh bien, demanda le propriétaire en les faisant entrer, d'où venez-vous ?

— Nous étions en visite chez des parents, improvisa Ryan. Nous espérions regagner Port Gibson.

— Inutile d'essayer ce soir, grommela leur hôte en grattant sa tête chenue.

Il alluma une lampe à pétrole posée sur une table en bambou tout en expliquant :

— La panne de courant remonte à environ deux heures. Heureusement, les bouteilles du réfrigérateur doivent être encore fraîches... Je puis vous prêter la roulotte de ma fille pour cette nuit. Elle est partie avec son mari...

— Oh, mais nous ne... commença Hanna.

— C'est très aimable à vous, l'interrompit Ryan.

— Hum... Asseyez-vous pendant que je vais chercher la bière, proposa le vieil homme.

Hanna s'effondra sur un canapé branlant, désemparée, tandis que son compagnon allait aider leur hôte dans la cuisine. La gorge serrée, elle le regarda déambuler dans la pièce aux dimensions trop réduites pour sa haute stature. Il s'assit ensuite à côté d'elle, laissant l'unique fauteuil au propriétaire des lieux.

— Vous parlez avec un accent bizarre, constata ce dernier. Seriez-vous anglais ?

— En effet, répondit-elle en souriant.

Le visage de son interlocuteur s'éclaira, comme s'il se rengorgeait d'avoir deviné juste. Comme tous les solitaires, il profita de l'occasion pour rattraper le temps perdu en parlant sans interruption... Hanna cessa bientôt de l'écouter. Etant donné l'exiguïté du sofa, elle touchait Ryan au moindre mouvement, et ce contact involontaire lui brûlait la peau. Or, les prochaines heures s'annonçaient encore bien pire ! Seule avec lui dans une roulotte... Son cœur se mit à battre la chamade.

A ce moment, le vieil homme lui jeta un regard en coulisse tout en marmonnant :

— Vous devez être bien jolie, une fois réparé le désordre de votre toilette. Que diriez-vous d'aller vous sécher dans la roulotte et de préparer un petit dîner pour votre mari ? Vous trouverez là-bas tout le nécessaire.

Elle ouvrit la bouche afin de rectifier l'erreur de son hôte, mais une fois de plus, Ryan la devança.

— Ma femme n'aime guère les orages, mais je crois qu'il s'est un peu éloigné.

— Allons, suivez-moi, répliqua leur hôte en ouvrant la porte.

Il indiqua d'un geste la caravane, située à quelques mètres, sous un magnolia.

— Ryan ? risqua timidement Hanna.

— Je « te » rejoins tout de suite, répondit-il.

Lorsqu'elle pénétra à l'intérieur de la roulotte, elle fut surprise par l'aménagement intérieur. L'ensemble lui parut extrêmement spacieux. Gênée de violer ainsi l'intimité d'une inconnue, elle traversa le salon, longea le corridor, et pénétra dans la salle de bains.

De quel droit se trouvait-elle là ? Elle aurait dû contredire Ryan quand il l'avait fait passer pour son épouse, au lieu de lui donner son accord tacite. Elle se sentait un peu honteuse à présent... Par hasard, ses yeux croisèrent son reflet dans le miroir, et elle s'expliqua instantanément la remarque du vieil homme sur son

130

apparence. Avec ses cheveux ébouriffés, elle ressemblait à un chaton tout juste repêché d'un étang !

Sans une seconde d'hésitation, elle se déshabilla, fit couler de l'eau dans la baignoire, et s'y plongea avec délices. Parfaitement détendue et vaguement somnolente, Hanna oublia toute notion de temps. Soudain, elle entendit les voix des deux hommes en train de discuter à l'extérieur. Elle bondit hors de son bain et se drapa dans un grand peignoir éponge.

— Installez-vous le plus confortablement possible, recommanda leur hôte.

— Merci mille fois, rétorqua Ryan.

Il laissa s'éloigner le vieil homme avant de rentrer à l'abri. Hanna alluma une lampe à gaz dans la pièce de séjour, équipée d'un coin cuisine.

— La salle de bains se trouve au fond du couloir, l'informa-t-elle sèchement. Au reste, je tiens à vous prévenir tout de suite : n'essayez pas d'abuser de la situation.

— Message reçu cinq sur cinq, madame Donalson.

— Comment osez-vous ? Laisser croire à cet homme que nous sommes mariés ! Je ne vous le pardonnerai pas !

Ryan enleva sa chemise, sans se soucier de l'expression vindicative d'Hanna.

— Ne vous inquiétez pas, je n'ai jamais forcé aucune femme, déclara-t-il d'un ton cassant. A présent, pourquoi ne prépareriez-vous pas le repas pendant que je me lave ?

Hanna contint difficilement son agacement, mais elle se tint coite. Elle alluma le petit réchaud et confectionna une omelette au bacon, grâce aux provisions découvertes dans le frigidaire bien garni. Tout fut prêt pour le retour de Ryan, qui avait simplement noué une serviette autour de sa taille. Il accrocha ses vêtements sur le fil, à côté de ceux de sa compagne.

— J'ai bien peur que mon plat ne soit légèrement

brûlé, s'excusa-t-elle. Je n'avais jamais utilisé de réchaud à alcool auparavant...

Elle posa une assiette devant lui, et s'installa en face. Il esquissa un sourire lugubre en déclarant :

— Jessica aurait accompli des merveilles à partir des mêmes ingrédients.

— Nul doute qu'elle vous aurait également bordé dans votre lit ! explosa-t-elle les yeux flamboyants de colère et la bouche pincée. Eh bien, c'est regrettable, mais il va falloir me supporter. Je ne vous ai jamais demandé de venir à ma recherche.

— Hanna ! lança-t-il d'un ton désolé. Je vous en prie, cessons de nous quereller... au moins pour ce soir. C'est très bon et je ne me plains pas. Je faisais simplement allusion au goût de Jessica pour les choses élaborées et les noms compliqués. J'aime beaucoup mieux la simplicité de votre cuisine.

Un peu calmée par cette explication, elle commença à manger, avec presque autant d'appétit que Ryan qui dévorait l'omelette d'un air ravi.

— Comment avez-vous deviné où j'irais ? demanda-t-elle au bout d'un moment.

Il acheva la dernière bouchée avant de repousser son assiette.

— Je me suis régalé, merci, déclara-t-il d'une voix enjouée.

Il avala une gorgée de bière et poursuivit :

— De retour dans ma chambre, je n'ai pas réussi à trouver mes clés. Les autres étant déjà partis, je suis allé voir si je ne les avais pas laissées sur la Buick. Elle avait également disparu. Sur ces entrefaites, Bill est revenu au motel pour chercher un document oublié. Il m'a raconté votre violente prise de bec avec Jessica. J'ai reconstitué aisément la suite des événements. Un coup de téléphone à votre tante m'a appris que vous étiez passée par Port Gibson : la voisine vous avait vue. J'ai donc emprunté la

132

voiture de Bill, persuadé de vous rejoindre au château de Windsor.

— Co… comment saviez-vous… balbutia Hanna.

— Grâce au caractère si particulier de cet endroit… et de notre journée d'hier, ensemble, répondit-il en la regardant avec une étrange lueur dans ses yeux de jais.

Hanna détourna rapidement la tête, de crainte que sa combativité ne s'émousse si elle contemplait l'expression radoucie de Ryan.

— Si cette journée vous a également marqué, pourquoi n'avez-vous pas pris ma défense en face de Jessica ? Elle prétend que vous avez cédé au chantage en m'emmenant !

— Mais je n'ai jamais rien dit de tel ! assura Ryan.

— Pourtant, elle m'a accusée de lui avoir volé son poste… et… bégaya-t-elle, incapable d'ajouter « et le seul homme qu'elle ait jamais aimé ». Et d'après elle, vous auriez bien ri en lisant ma petite scène ! Faut-il vous rappeler que je l'ai écrite à votre demande expresse ?

L'eau chantait dans la bouilloire. Hanna se leva pour préparer le café, puis posa une tasse devant Ryan. Il le but à petites gorgées, comme s'il le dégustait. De toute évidence, il s'efforçait d'être gentil.

— Hanna, je ne me suis pas moqué de votre script, corrigea-t-il en fronçant les sourcils d'un air grave.

— Cela ne change rien à l'affaire, rétorqua-t-elle avec amertume. Je suis licenciée à présent. Ce voyage aux Etats-Unis aura été un brillant succès ! J'espère ne plus jamais traverser une telle épreuve !

— Je regrette… Lorsque Jessica m'a annoncé son intention de vous congédier, je l'ai approuvée : j'avais d'autres projets pour vous.

— Des projets ? reprit-elle en posant la vaisselle dans l'évier. Avec vous ? Mon plus grand réconfort en rentrant sera de ne plus jamais vous revoir, Ryan Donalson !

Elle lui tournait le dos, fort heureusement. Il ne verrait

donc pas ses yeux humectés de larmes. La vie sans lui paraissait impossible... Il l'avait ensorcelée en introduisant le rêve, l'imprévu et un goût inoubliable dans une existence jusque-là bien monotone. Même au plus fort de leurs querelles, elle l'aimait...

— Hanna, commença-t-il en s'approchant d'elle. Vous êtes merveilleusement douée pour rédiger des scénarios. Il ne vous manque peut-être qu'un peu de technique. Acceptez-vous de collaborer avec moi à notre retour ?

Stupéfiée par sa proposition, elle pivota sur elle-même et se retrouva dans les bras de Ryan ! Affolée, elle le repoussa violemment.

— Laissez-moi tranquille ! protesta-t-elle d'un ton furieux. Si vous vous imaginez que je vais remplacer Jessica pour cette nuit... vous vous trompez lourdement !

La jeune fille s'occupa alors à laver les plats. Ryan s'empara d'un torchon pour les essuyer avant de l'interroger négligemment :

— Pourquoi concluez-vous que je dors chaque soir avec une femme différente ? Vicki, puis Jessica... A présent, vous voilà assez vaniteuse pour croire que ce serait votre tour !

Hanna s'était ridiculisée ! Les joues cramoisies, elle acheva la vaisselle en refoulant des larmes de dépit. Ce maudit Donalson venait de marquer un point, une fois de plus. Elle traversa la pièce d'un pas saccadé, saisit son sac pour y prendre sa brosse, et se démêla vigoureusement les cheveux. Cette occupation lui permit de se calmer progressivement.

— Je vous dois des excuses, déclara-t-elle. Je sais maintenant qu'il n'y a rien eu entre Vicki et vous.

Ryan s'approcha d'elle et lui souleva doucement le menton.

— Vous étiez jalouse, un petit feu follet.

— Pas du tout !

Il s'éloigna, les yeux pétillants de malice.

— Faut-il que vous soyez imbu de vous-même pour croire une telle absurdité ! reprit vivement Hanna.

Incapable de supporter plus longtemps le regard narquois de Ryan, elle ajouta :

— Je suis très fatiguée, et j'ai bien l'intention de dormir dans le seul lit de la roulotte. Installez-vous du mieux possible. Bonne nuit.

Après avoir ramassé ses vêtements secs, elle se rendit dans la chambre. En fait, son cœur battait à tout rompre et elle craignait de ne pas parvenir à se détendre suffisamment pour trouver le sommeil.

Etendue sur le lit, la jeune fille contemplait le plafond de la pièce tout en réfléchissant. Elle ne parvenait pas à contrôler un émoi insidieux de tout son être : bientôt, elle quitterait Ryan pour toujours... Elle aurait dû faire fi des conventions et lui proposer de partager sa couche. Demain il serait trop tard. Il appartiendrait à nouveau à Jessica.

A l'aube, la petite caravane affronta le dernier assaut de l'orage. Hanna se réveilla en sursaut. Trop effrayée pour crier, elle enfouit sa tête sous son drap et crut sa dernière heure arrivée. Ce fut alors qu'elle aperçut les deux yeux rieurs de Ryan. Il était couché à côté d'elle !

— Que diable faites-vous là ?

— Allons, Hanna, ce n'est rien, dit gentiment Ryan en enlevant le tissu protégeant son visage, et en l'attirant dans ses bras. Le ciel s'éclaircit et les nuages ont presque disparu.

Comme un dernier éclair déchirait le firmament, elle ferma les yeux en frissonnant. Cependant, Ryan la maintenait contre lui et elle cessa bientôt de trembler. Avec une immense sollicitude, il lui caressait doucement la nuque pour qu'elle se détende. La jeune fille n'aurait donné sa place pour rien au monde ! Lorsqu'il la sentit entièrement abandonnée. Ryan la détacha lentement de lui.

— Saviez-vous que nous avons manqué la fête, hier soir ? demanda-t-il d'un ton léger. Elle célébrait la fin du tournage. Les autres se décideront peut-être à venir à notre recherche après la réception.

— Ils ne nous trouveront pas, murmura-t-elle d'une voix ensommeillée.

Couchée sur son lit, ses beaux cheveux auburn étalés sur l'oreiller, Hanna lui souriait. Les premières lueurs de l'aube répandaient un jour incertain, révélant une étrange langueur dans le regard de Ryan. Il se pencha vers elle, sans l'embrasser. Il se contentait de la fixer de ses yeux embrumés.

— Oh Hanna, murmura-t-il, je vous désire à en perdre la raison.

— Moi aussi, Ryan, avoua-t-elle dans un souffle.

Il se redressa brusquement et se détourna d'elle.

— Non... Il ne faut pas... Ce ne serait pas juste.

Hanna brûlait d'envie de crier que le monde entier était injuste. Qu'importait demain ? Ils avaient indéniablement besoin l'un de l'autre... Même si elle venait s'ajouter à une longue liste de ses conquêtes, elle l'aimait ! Elle voulait enfin connaître l'amour entre ses bras... au moins une fois... car la vie les séparerait ensuite. Dans son effroyable détresse, elle ne parvint qu'à chuchoter :

— Ryan...

Il resta un instant silencieux ; son beau visage refléta une succession d'émotions différentes, comme s'il luttait pour en contrôler l'effet ravageur.

— Il y a quelques jours, commença-t-il d'une voix hésitante, mon existence a été entièrement bouleversée. Je ne m'attendais pas à devenir la victime d'une femme, mais je suis demeuré impuissant contre son charme. Je veux lui avouer mon amour, mais je suis obligé de me taire : la situation est trop compliquée pour le moment. Je vous en prie, Hanna, essayez de comprendre.

Les traits de Ryan s'étaient dissous dans un épais

136

brouillard tant les larmes embuaient les yeux d'Hanna. Oh, bien sûr, elle comprenait parfaitement ! La trahison de Jessica, son mariage avec Alistair avaient anéanti l'univers du metteur en scène. Par miracle, elle lui était revenue, et rien ne devait gâcher sa deuxième chance de vivre heureux. Pauvre Hanna ! Même si son propre cœur était brisé en mille morceaux, elle devrait se réjouir que les choses s'arrangent pour Ryan.

— Je reste à vos côtés jusqu'à votre lever, déclara-t-il. Ainsi, vous n'aurez plus peur.

Il s'allongea près d'elle et nicha la tête de la jeune fille au creux de son épaule.

11

Lorsqu'elle se réveilla un peu plus tard, le soleil inondait la pièce. Son regard étonné fit le tour de cette chambre inconnue. Soudain, elle se rappela les péripéties de la veille.

Hanna se tourna brusquement vers Ryan, mais ses mains ne touchèrent qu'une place vide. Il s'était déjà levé ! Elle ne goûterait même pas le plaisir de s'éveiller à ses côtés, cette unique fois... Mais elle se reprit soudain. Elle ne regrettait rien, bien au contraire : elle se serait torturée inutilement par la suite si les choses avaient évolué différemment.

Pourquoi Ryan avait-il fait preuve d'une telle réserve ? D'abord pleine d'admiration pour sa force de caractère, Hanna se sentit rapidement humiliée... Sans doute avait-il méprisé cette « aubaine ». Désespérée, elle se recroquevilla dans son lit, rouge de honte, apeurée à l'idée de se retrouver en face de lui.

Cependant, il fallait bien affronter cette nouvelle épreuve pour rentrer à Vicksburg. Après avoir repoussé son drap, la jeune fille rassembla son courage pour se glisser dans ses vêtements. Elle se garderait de toute allusion à la scène de la nuit précédente, leur épargnant ainsi de la gêne à tous deux.

— Bonjour, la salua Ryan, debout près du réchaud,

une cuiller en bois à la main. J'allais vous apporter du café, car je n'ai pas découvert de thé.

— Le café fera parfaitement l'affaire, répliqua Hanna. Voulez-vous que je vous aide ?

— Asseyez-vous et mangez mes œufs brouillés, fit-il en souriant. Il faut partir le plus tôt possible. Je vous déposerai chez votre tante avant d'aller chercher un dépanneur pour la Buick. J'aimerais que vous soyez au motel pour le déjeuner ; notre avion décolle de Jackson à sept heures.

Hanna tenta de protester : elle pourrait très bien conduire la Buick au retour. Un froncement de sourcils de Ryan, peu accoutumé à voir discuter ses instructions, la fit taire. Après avoir avalé quelques bouchées en silence, elle risqua d'une voix mal assurée :

— Et si Jay me demande de rester…

Il plissa les yeux un instant, comme pour en voiler l'éclat.

— Naturellement, vous seule prendrez la décision… mais vous rentrerez en Angleterre sur le même vol que tous les autres. Libre à vous de revenir ici plus tard !

Jamais il n'avait parlé d'une voix aussi autoritaire. Au reste, Hanna n'avait pas envie de discuter son ordre péremptoire. Elle avait fait allusion à son cousin comme pour prouver à Ryan qu'il n'était pas le seul dans son cœur…

Lorsqu'elle sortit de la roulotte, Hanna fut brusquement frappée par le charme particulier de la clairière, semblable à un îlot au milieu d'un océan de feuillage. Les multiples gouttes d'eau retenues dans les pétales ou roulant sur les feuilles, s'irisaient comme des diamants sous les premiers rayons de soleil. Après avoir tout remis en ordre dans la caravane, et largement dédommagé le vieil homme, fort heureux de cette aubaine, ils se mirent en route.

La chaussée avait entièrement séché, et seule une

certaine humidité dans l'air rappelait l'orage de la veille. Une fois dans la voiture, la jeune fille, dans un état d'agitation extrême, n'osait pas fermer les yeux pour essayer de se détendre. Elle voulait photographier le moindre détail du visage de Ryan, mémoriser la forme de ses mains, son port de tête, sa bouche sensuelle au sourire imperceptible. Naturellement, il pouvait sourire à présent : il roulait vers Jessica.

Ses nerfs étaient tendus comme des cordes de violon ; comment aurait-il pu en être autrement ? Les prochaines heures s'annonçaient particulièrement éprouvantes. Il fallait expliquer aussi gentiment que possible à Jay qu'elle ne l'épouserait pas.

Ensuite, elle n'échapperait pas à une entrevue avec Jessica. Hanna redoutait les excès de la scénariste, qui se poserait en rivale jalouse et soupçonneuse après l'équipée de Ryan. Ce dernier aurait sans doute bien du mal à se disculper...

Il était encore tôt quand Ryan se gara en face de la maison des Caldwell, derrière une autre voiture ; ils recevaient sans doute un visiteur malgré l'heure matinale.

— Merci, dit Hanna d'une voix étonnamment empruntée, avant de sortir du véhicule. C'était très gentil d'être venu me chercher. Nous n'aurons peut-être plus l'occasion de parler ensemble, alors... sachez que je me souviendrai de ce voyage comme d'une expérience extraordinaire malgré tout. Je suis désolée si je vous ai importuné, mais...

Elle ouvrit la portière d'une main tremblante et se tourna à nouveau vers lui pour achever d'une voix à peine audible :

— Vous me manquerez énormément.

Eperdue, Hanna ne songeait plus qu'à s'enfuir au plus vite avant que les larmes ne ruissellent sur son visage défait. Cependant, Ryan retardait de lui-même le moment de leur séparation. Il avait pris dans sa main le menton de la jeune fille, et la regardait avec une étrange lueur dans ses yeux de braise.

— Hanna, ne précipitez aucune décision. Promettez-le-moi, supplia-t-il au bout d'un instant.

— J'ai déjà... commença-t-elle.

— En ce cas, l'interrompit-il vivement, souvenez-vous de l'erreur commise par Jessica ; elle se repent d'avoir épousé un homme qu'elle connaissait à peine. Jay Caldwell a beau être votre cousin, vous ne savez rien de lui !

— Mais je...

— Je dois retourner à Vicksburg, coupa Ryan. Soyez à l'heure au rendez-vous.

Il se pencha au-dessus de sa passagère, et maintint la portière ouverte pour l'inviter à sortir, mettant ainsi un terme à l'entretien. Hanna marcha en chancelant jusqu'à la maison.

Par la porte entrebâillée lui parvenaient des bruits de voix, des rires sur un fond de musique pop. Personne ne répondit à son appel lancé du seuil. Enfin, une jeune fille sortit de la cuisine.

— Bonjour, dit-elle d'un ton enjoué. Vous cherchez quelqu'un, sans doute...

— Ma tante, répliqua Hanna en pénétrant à l'intérieur.

— Alors, vous êtes sûrement Hanna. Leigh, ta cousine vient d'arriver !

Décontenancée, l'arrivante glissa :

— Vous êtes une amie de Leigh, j'imagine ?

— Non, de Jay. Je me nomme Mandy-Sue. Nous nous connaissons depuis l'école primaire, mais j'ai habité Chicago pendant les deux derniers mois. J'ai eu peur de laisser la place à une rivale en prolongeant davantage mon absence, ajouta-t-elle avec un petit rire de gorge.

Lorsqu'elle bougeait la tête, une mèche de cheveux blonds comme les blés balayaient ses yeux bleu per-

142

venche. Son short révélait ses longues jambes bronzées, chaussées de sandales rouge vif. Leigh rejoignit les deux jeunes filles qui s'observaient dans l'entrée.

— Salut, Hanna, déclara-t-il sans marquer aucune surprise. Viens donc prendre le petit déjeuner avec nous.

Tout en se séchant vigoureusement les cheveux — il arrivait tout droit de la salle de bains, sa radio à la main —, il se dirigea vers la cuisine.

— Non merci, déclina Hanna en lui emboîtant le pas. Je voudrais voir Jay.

Ce dernier apparut sur le seuil de la pièce à cet instant précis.

— Mandy-Sue, tu es incorrigible ! lança-t-il en se frottant les yeux. Venir réveiller les gens à une heure pareille !

Il s'arrêta brusquement en apercevant Hanna.

— Tiens ! Tu as pris la peine de faire tout ce chemin... Tu n'aurais pas dû.

Son visage reflétait tour à tour la consternation et la plus grande confusion. Peut-être se sentait-il coupable d'avoir caché l'existence de Mandy-Sue...

— Ryan m'a accompagnée jusqu'ici, expliqua Hanna. Nous partons dans la soirée.

— Je sais. Hier soir, j'étais affolé. J'ai téléphoné au motel et personne ne savait où tu étais. Mandy-Sue est arrivée sur ces entrefaites... En raison de l'orage, maman l'a invitée à dormir ici. Mais où te cachais-tu ?

— C'est une longue histoire, soupira-t-elle. Je suis venue vous dire au revoir. Pourrais-je dire un mot à tante Rachel ?

Jay la suivit précipitamment hors de la cuisine dont il claqua la porte, puis il la retint par le bras.

— Oh, Hanna, je t'en prie, ne m'en veux pas, implora-t-il d'un ton pressant. Je vais tout t'expliquer. Mandy-Sue ne représente plus rien pour moi, je te le jure. S'il te plaît, écoute-moi !

Le pauvre Jay plaidait sa cause avec l'énergie du désespoir, alors qu'il n'avait rien à se reprocher. Bien qu'elle fût touchée par son air suppliant, Hanna se mit subitement à le considérer comme un adolescent, encore bien loin de devenir un homme.

— Je t'écoute, Jay, répondit-elle doucement. Mandy-Sue me semble adorable, et je me réjouis de sa présence. Elle va me faciliter les choses. En effet, je... je ne peux pas t'épouser. Tout ceci n'a été qu'un jeu, n'est-ce pas ? Tu partageras bientôt cette opinion.

Elle posa un index sur les lèvres du jeune homme, prêt à formuler un flot de protestations.

— Merci de m'avoir proposé le mariage, reprit-elle. Je ne t'oublierai jamais.

Hanna se dressa sur la pointe des pieds, posa un baiser sur la joue de son cousin médusé puis s'éloigna avant qu'il ne songe à répliquer.

Dès l'instant où elle pénétra dans la chambre de sa tante, cette dernière, assise sur son lit, lui tendit simplement les bras. Elle avait compris, en voyant le teint livide de sa nièce, que quelque chose n'allait pas, et lui offrait le réconfort de son affection.

Hanna, agenouillée au bord du lit, cessa aussitôt de réprimer son émotion. Elle sanglota durant de longues minutes.

— Allons, allons, mon enfant, intervint enfin Mme Caldwell. Nul homme ne mérite un tel torrent de larmes. Hum... Ce n'est pas mon fils qui en est la cause, n'est-ce pas ? Il s'agit certainement de Ryan Donalson.

— Oui, murmura Hanna encore légèrement haletante. Je l'aime, tante Rachel.

— Et il ne s'en soucie guère. Eh bien... N'as-tu aucun doute à ce sujet ?

— Aucun. Jessica est revenue hier.

La jeune fille relata les récents événements à sa tante. Néanmoins, elle passa sous silence l'épisode de la caravane, et le tête-à-tête avec Ryan. Elle se contenta d'indiquer que le vieil homme les avait hébergés tous deux pour la nuit.

— Cet homme me paraît bien compliqué, conclut son auditrice. Cependant, tu ne devrais pas abandonner tout espoir. Il semblait réellement anxieux lorsqu'il a téléphoné. Et quand il est venu nous dire que tu n'avais toujours pas reparu, il contenait mal son inquiétude.

— Il est venu ici !

— Eh oui, sourit tante Rachel. En le voyant, j'ai tout de suite compris pourquoi il te plaisait.

— Je ne crois pas qu'il se souciait vraiment de moi, soupira Hanna. Il aurait réagi ainsi pour n'importe quel membre de son équipe.

— Aie confiance, la rassura Mme Caldwell en lui caressant gentiment le visage. A présent, je vais me lever. Toi, va te laver le visage à la salle de bains, et rejoins tes cousins à la cuisine. J'ai de nombreux présents à empaqueter pour tes parents. J'espère qu'ils séjourneront ici avant la fin de l'année... et que tu viendras également, car nous t'aimons beaucoup.

— Moi aussi, tante Rachel, balbutia Hanna. Puis-je t'aider ?

— Non, merci, répliqua la vieille dame en rejetant ses couvertures. Oh, j'allais oublier : je demanderai à Leigh de te reconduire à Vicksburg, cela vaudra mieux.

— Merci. Tu as sûrement raison.

Pendant le trajet, Leigh se montra d'humeur plus bavarde que de coutume. A son grand soulagement, sa cousine constata qu'il ne se formalisait pas de son silence. Elle le laissa donc discuter et se préoccupa de son prochain problème : Jessica. Elle s'était tirée de la première épreuve beaucoup mieux que prévu... la deuxième s'annonçait nettement plus délicate. La seule façon d'éviter un éclat en public — Jessica n'hésiterait pas une seule seconde à faire un esclandre à l'aéroport — consistait à s'arranger pour la rencontrer en privé, dans sa chambre, par exemple.

— Je ne me laisserai pas décontenancer par elle, déclara Hanna à voix haute.

— Par qui ? demanda Leigh d'un air intrigué.

— Jessica Franklin... euh... Kerby. Non, Franklin, mais future Mme Donalson.

Leigh lui lança un coup d'œil tellement éberlué qu'Hanna émit un rire bref.

— Rassure-toi, je vais très bien.

Lorsqu'il s'arrêta devant le motel, le jeune homme encore un peu déconcerté, l'embrassa brièvement sur les deux joues avant de repartir.

En entrant dans le salon, Hanna avisa deux valises vaguement familières posées sur le tapis. Elle se raidit instantanément en reconnaissant les bagages de Jessica. Par bonheur, personne n'observait cette scène muette : elle se trouvait seule dans la pièce. La porte s'ouvrit subitement pour livrer passage à Jessica.

— Hanna, je vous ai cherchée partout ! Où étiez-vous partie ?

La jeune fille se tourna lentement, mais la détermination se lisait sur son visage pâle.

— J'ai fait mes adieux à ma famille.

— Oh oui, je sais. Mais j'avais tant besoin de vous. Je suis affreusement pressée et je compte sur vous pour m'aider.

— Mais... commença Hanna, trop stupéfaite pour finir sa phrase.

— C'est vrai, je me suis montrée odieuse avec vous, hier, mais vous n'y prêtez aucune attention, n'est-ce pas ? D'ailleurs, votre capacité à supporter mes humeurs fait de vous le type de la parfaite secrétaire... et j'aurais précisément un travail à vous confier.

146

— Je suis désolée, mais je croyais que vous m'aviez licenciée, répondit Hanna, la gorge serrée.

Le ton guilleret de Jessica, sa démarche légère, ses yeux brillants, indiquaient le bonheur retrouvé. Ryan s'était sans doute totalement justifié de son absence... Cependant, pas question de recommencer à travailler dans les mêmes conditions qu'auparavant !

— Hanna ! Et vous avez cru une chose pareille ! s'écria l'autre en écarquillant les yeux.

Elle s'élança vers la jeune fille et s'empara impétueusement de ses mains.

— Voyons, ma chère, reprit-elle. Ne prenez pas au sérieux toutes mes élucubrations d'hier, je vous en prie. Je ne supporterais pas de vous savoir triste, à présent que me voilà si follement heureuse. Il vient de m'arriver quelque chose de merveilleux !

— Oui, je m'en réjouis, répondit platement Hanna. Ryan a beaucoup de chance.

— Ryan ? Mais il est absolument étranger à cette histoire ! Où en étais-je ?... Ah oui ! Compte tenu de mon retard, j'aimerais que vous lui transmettiez un message, je ne dispose pas moi-même du temps nécessaire.

Jessica s'interrompit un instant pour scruter le visage d'Hanna, puis elle poursuivit :

— C'est vrai, je vous confie encore une tâche ingrate, mais moins pénible que la dernière fois. Il vous suffira de lui annoncer mon départ. Depuis qu'Alistair m'a téléphoné, j'ai été entièrement prise par l'organisation de mon voyage et n'ai pas eu une minute pour lui parler.

— Alistair ? répéta Hanna d'une voix sans timbre.

— Il m'a appelée pour s'excuser à propos de notre effroyable querelle. Il a même eu la galanterie d'en endosser l'entière responsabilité. Son journal l'envoie à New York dans la soirée et il désire que je l'y rejoigne. J'attends le taxi qui me mènera à l'aéroport. Oh, je meurs d'impatience de revoir Alistair !

Le cœur d'Hanna battait la chamade.

— Vous ne parlez pas sérieusement, gémit-elle. Me choisir, *moi*, pour transmettre un tel message ! Jessica ! Je n'ai jamais rencontré de femme aussi cruelle et insensible que vous !

Pour couronner le tout, Jessica éclata de rire.

— Ne vous inquiétez pas, il comprendra. Dites-lui simplement que j'espère que *tout* va s'arranger selon son désir. Oh, Dieu merci, voici enfin mon taxi.

Elle embrassa la jeune fille sur la joue en ajoutant :

— Prenez soin de lui, Hanna. Au revoir.

Cinq secondes plus tard, elle avait disparu en coup de vent. Jamais Hanna ne s'était sentie aussi nerveuse de sa vie. Elle monta dans sa chambre en chancelant et s'effondra sur son lit après avoir fermé la porte. Une fois de plus, Jessica l'avait chargée, par pure lâcheté, de communiquer à Ryan des nouvelles accablantes. Or, à présent qu'elle aimait Ryan, elle se sentait incapable d'accomplir une telle mission... de lui briser délibérément le cœur !

Maudite Jessica ! Faire preuve d'inconscience à ce point ! Hanna ne lui pardonnerait jamais d'avoir provoqué autant de souffrance.

La perspective de conquérir Ryan, maintenant que la voie s'avérait libre, lui traversa l'esprit un bref instant, mais elle s'empressa de chasser cette idée. Jamais elle n'accepterait un rôle de second plan. En effet, à la prochaine algarade avec son mari, Jessica accourrait immédiatement pour se réfugier dans les bras de son ancien amant, avec une régularité parfaitement ridicule.

Soudain, Hanna sursauta, brusquement rappelée à la réalité en entendant le pas décidé de Ryan. Sans doute venait-il de vérifier que sa voiture fonctionnait bien avant le départ... Elle se leva lentement et se regarda dans le miroir. Elle n'avait pas quitté sa robe chiffonnée trempée par l'averse de la veille. Il fallait absolument qu'elle se change.

La plupart de ses vêtements étaient déjà rangés dans ses valises, mais elle en sortit le pantalon et la chemise achetés à Vicksburg. Ils convenaient tout à fait à un long voyage.

Après s'être brossé les cheveux, elle se jugea prête à aller affronter Ryan Donalson.

Elle tapa un coup sec à sa porte, et entra vivement dans sa chambre dès qu'il l'en pria. Il vidait les tiroirs de sa commode et entassait pêle-mêle ses affaires dans un sac de voyage.

— Je vous attendais, déclara-t-il. Où aviez-vous donc disparu ? Savez-vous le montant de la facture du garage pour la Buick ? Non, mieux vaut le taire. Je vous avais pourtant menacée de vous la faire payer. Devinez pourquoi j'en ai décidé autrement.

Abasourdie par cet accueil inattendu, Hanna réussit seulement à bégayer :

— Eh bien... euh... Je l'ignore.

Ryan se redressa avant de la regarder franchement.

— Ceci ne vous ressemble guère, Hanna. En temps normal, vous répondez de façon plus précise à mes questions... Hésiteriez-vous autant si je vous demandais de m'épouser ?

Il parlait d'un ton désinvolte. La jeune fille se mordit la lèvre dans l'espoir de contrôler son amère détresse. Elle fit un effort désespéré pour ne pas fondre en larmes, ne pas lui révéler qu'elle compatissait à son chagrin, et parvint à lancer d'une voix mordante :

— J'accepterais probablement, rien que pour le plaisir de relever le défi.

Elle s'appuya contre la porte et reprit d'une voix autre :

— Ryan, je dois vous dire...

— Eh bien, c'est arrangé, répliqua-t-il en négligeant cette hésitation. Scellons cet accord d'un tendre baiser.

Il s'avança vers elle, une flamme moqueuse dans ses yeux noirs, plus sarcastiques que jamais.

— Je vous en prie, Ryan, écoutez-moi !

Hanna fit un pas de côté pour l'éviter, mais elle ne pouvait lui échapper. Il l'emprisonna dans ses bras musclés et elle tenta vainement de lui échapper. Elle se lassa vite de cette lutte inutile : Ryan cessa de rire. Lentement, il baissa la tête puis posa ses lèvres fermes sur les siennes. Elle répondit bientôt passionnément à son étreinte, grisée par les frissons qui couraient dans tout son corps. Lorsqu'il releva la tête, Hanna se sentit vaciller sous le feu de son regard ardent. Tout tourbillonnait autour d'elle. Il la serra plus fort contre lui.

— Ces quelques heures sans vous tenir entre mes bras ! murmura-t-il d'une voix rauque. Cela m'a paru interminable ! A présent, que vouliez-vous me dire ?

Elle secoua la tête, comme pour rassembler ses idées confuses.

— Il s'agit de Jessica, répondit-elle, l'esprit encore brumeux.

— Je ne veux plus en entendre parler !

— Mais, Ryan, commença-t-elle en parvenant à s'écarter de lui, elle s'est réconciliée avec Alistair...

— Je sais. C'est mon œuvre.

— Impossible !...

Il regarda sa montre puis adressa à la jeune fille un sourire taquin avant de reprendre son rangement.

— Très bien, je ne vous raconterai pas cet exploit.

Entièrement désarçonnée, Hanna l'observa d'un air impatient en attendant vainement une explication. Finalement, elle s'interposa entre la malle et Ryan et lança d'une voix courroucée :

— Cessez de me tourmenter ! J'exige des éclaircissements !

150

— Alors, demandez-le-moi gentiment.

Un long silence suivit cette réflexion. Ils s'étaient à nouveau enlacés. Pourtant, Ryan finit par satisfaire la curiosité d'Hanna.

— Ce matin, dès mon arrivée au motel, j'ai téléphoné à Alistair Kerby, à Londres. Je lui ai conseillé de raisonner sa femme pour qu'elle cesse de m'importuner. Il s'est montré trop heureux de coopérer.

— Pourquoi avez-vous agi ainsi ?

— A votre avis ?

Lorsqu'elle croisa son regard, Hanna se prit à espérer pour la première fois...

— Vous avez toujours aimé Jessica, protesta-t-elle d'une voix hachée. Après son mariage, vous étiez totalement désemparé...

— Non, Hanna, corrigea-t-il doucement. Vous vous êtes complètement méprise. J'ai parlé de ce qui avait entièrement bouleversé mon existence... Ignorez-vous que je n'ai pas connu un seul instant de quiétude depuis *notre* première rencontre ? J'en ai perdu la tête !

— Oh... je suis désolée de vous avoir causé tant de soucis, répliqua-t-elle d'un ton penaud.

Ryan émit un sourd grognement de colère ; elle fit un effort pour lui échapper, mais il lui saisit la main et la porta à ses lèvres.

— Ne vous excusez plus jamais ! intima-t-il.

— Le jour du mariage de Jessica, j'ai rangé sa chambre après son départ. J'y ai trouvé votre photographie et un mot écrit de votre main... Malgré moi, je n'ai pu m'empêcher de le parcourir. Vous lui demandiez d'attendre avant de prendre une décision.

— Et vous en avez conclu que c'était une lettre d'amour ?

— Oui. J'imaginais que votre peine devait être immense, c'est pourquoi je suis venue aux Studios au lieu de téléphoner.

Ryan s'était approché d'elle... Elle le devinait aux sourds battements de son cœur. Il la prit par la taille et ses lèvres se posèrent sur sa nuque gracile.

— Je n'ai jamais rédigé une seule lettre d'amour, démentit-il au bout d'un instant. Je demandais à Jessica de poursuivre son travail sur le script, en dépit de nos nombreux différends. Il fallait être assez indiscrète pour tourner la page et lire le début : vous auriez compris votre erreur aussitôt.

— Vous ne l'aimez pas ? s'enquit alors Hanna d'un ton incrédule en retenant son souffle.

— J'ai certainement été attiré par elle, il y a bien longtemps, avant de connaître vraiment son caractère fantasque. Mais elle n'a jamais éveillé en moi ce tourbillon d'émotions que vous faites naître par votre seule présence... Sinon, vous aurais-je demandé de m'épouser ?

Elle fit subitement volte-face pour scruter le visage de Ryan d'un air stupéfait.

— Vous convaincrai-je mieux ainsi ? risqua-t-il.

Et il l'embrassa passionnément.

Ses derniers doutes envolés, elle s'abandonna à son étreinte avec volupté, avant de plaisanter :

— Je n'ai pas encore accepté votre offre de mariage.

— Et vous n'avez pas encore avoué que vous m'aimez, répondit-il sur le même ton.

Il se rembrunit pour murmurer d'une voix rauque :

— Oh, Hanna, je vous en prie, dites-le-moi !

Hanna n'eut pas besoin de se forcer pour accéder à sa requête.

— Je vous aime... Je vous aime, répéta-t-elle à maintes reprises.

Et ces quelques mots tant attendus semblèrent résonner à l'infini.

Les Prénoms Harlequin

HANNA

Ce prénom hébraïque, porté par la mère du prophète Samuel, signifie ''grâce''.

Il désigne une femme ambivalente au comportement complexe. Deux natures opposées s'affrontent en elle : tour à tour ingénue ou diablesse, ange ou démon, elle ne cesse d'étonner son entourage. En proie à d'insolubles contradictions intérieures, son humeur en patît souvent mais son charme irrésistible fait qu'on lui pardonne presque tout.

Hanna Ballantyne est l'exemple vivant de ce caractère dualiste.

Les Prénoms Harlequin

RYAN

D'origine irlandaise, ce prénom, dont le sens premier est "petit roi", confère à celui qui le porte la superbe et l'arrogance des souverains. Altier et autoritaire, il supporte difficilement la contradiction. Elitiste, il a besoin de sentir des affinités électives avec une personne avant d'aller vers elle.

Ryan Donalson se montre intransigeant envers Hanna, mais quand il reconnaît enfin sa valeur, elle est en droit d'attendre tout de lui...

Découpez et retournez à: Service des livres Harlequin
649 rue Ontario , Stratford, Ontario N5A 6W2

Certificat de cadeau gratuit

OUI, envoyez-moi le ROMAN GRATUIT "AUX JARDINS DE L'ALKABIR" de la Collection **HARLEQUIN SEDUCTION** sans obligation de ma part. Si après l'avoir lu, je ne désire pas en recevoir d'autres, il me suffira de vous en faire part. Néanmoins je garderai ce livre gratuit. Si ce livre me plaît, je n'aurai rien à faire et je recevrai chaque mois, deux nouveaux romans **HARLEQUIN SEDUCTION** au prix total de 6,50$ sans frais de port ni de manutention. Il est entendu que je peux annuler à n'importe quel moment en vous prévenant par lettre et que ce premier roman est à moi GRATUITEMENT et sans aucune obligation.

NOM _____
(EN MAJUSCULES. S V P)

ADRESSE_____ APP _____

VILLE _____ PROV _ CODE POSTAL ☐☐☐ ☐☐☐

SIGNATURE_____
(Si vous n'avez pas 18 ans, la signature
d'un parent ou gardien est nécessaire.)

394-BPD-6ABN

Cette offre n'est pas valable pour les personnes déjà abonnées. Prix sujet à changement sans préavis. Nous nous réservons le droit de limiter les envois gratuits à 1 par foyer.
Offre valable jusqu'au 30 juin 1984.

Éternelle jeunesse du roman d'amour!

On a l'âge de son esprit, dit-on. Avez-vous jamais songé à vérifier ce dicton?

Des romancières célèbres telles que Violet Winspear, Anne Weale, Essie Summers, Elizabeth Hunter… s'inspirant du vrai roman d'amour traditionnel, mettent en scène pour votre plus grand plaisir héros et héroïnes attachants, dans des cadres romantiques qui vous transporteront dans un monde nouveau, hors de la grisaille du quotidien. En partageant leurs aventures passionnantes, vous oublierez soucis et chagrins, vous revivrez les émotions, les joies…la splendeur…de l'amour vrai.

Six romans par mois…chez vous…sans frais supplémentaires…et les quatre premiers sont gratuits!

Vous pouvez maintenant recevoir, sans sortir de chez vous, les six nouveaux titres HARLEQUIN ROMANTIQUE que nous publions chaque mois.

Et n'oubliez pas que les 6 vous sont proposés au bas prix de $1.75 chacun, sans aucun frais de port ou de manutention. Pour vous assurer de ne pas manquer un seul de vos romans préférés, remplissez et postez dès aujourd'hui le coupon-réponse suivant:

Collection Harlequin

Recevez chez vous 6 nouveaux livres chaque mois—et les 4 premiers sont gratuits!

En vous abonnant à la Collection Harlequin, vous êtes assurée de ne manquer aucun nouveau titre! Les 4 premiers sont gratuits – et nous vous enverrons, chaque mois suivant, six nouveaux romans d'amour.

Mais vous ne vous engagez à rien: vous pouvez annuler votre abonnement à tout moment, quel que soit le nombre de volumes que vous aurez achetés. Et, même si vous n'en achetez pas un seul, vous pourrez conserver vos 4 livres gratuits!